卓越小学生
成才训练营

培养
会做人做事
的 小学生

主编 高长梅 本册主编 曹桂芳

九州出版社 | 全国百佳图书出版单位 JIUZHOUPRESS

图书在版编目（CIP）数据

培养会做人做事的小学生 / 高长梅主编 . – 北京：九州出版社，
2010.4（2021.7 重印）

（"读·品·悟"卓越小学生成才训练营）

ISBN 978-7-5108-0401-4

Ⅰ . ①培 ...　Ⅱ . ①高 ...　Ⅲ . ①儿童文学—故事—作品集—
世界　Ⅳ . ① I18

中国版本图书馆 CIP 数据核字（2010）第 054535 号

培养会做人做事的小学生

作　者	高长梅　主编　曹桂芳　本册主编
出版发行	九州出版社
地　址	北京市西城区阜外大街甲 35 号（100037）
发行电话	(010)68992190/2/3/5/6
网　址	www.jiuzhoupress.com
电子信箱	jiuzhou@jiuzhoupress.com
印　刷	北京一鑫印务有限责任公司
开　本	720 毫米 × 1000 毫米　16 开
印　张	12
字　数	180 千字
版　次	2010 年 6 月第 1 版
印　次	2021 年 7 月第 5 次印刷
书　号	ISBN 978-7-5108-0401-4
定　价	36.00 元

目录

第 1 辑　气度决定高度

气度，决定了一个人的高度，一个有气度的人才有成功的本钱，否则他未来的成就势必会受到局限。这是一个知识爆炸的时代，在我们追求知识、才能的同时，千万不要忽略了修养和品格。

第2辑 当天使很忙的时候

在西方文化中，天使是真善美的化身，它惩罚坏人，帮助善良和贫苦的人，深受人们的喜爱。但天使不仅仅只是出现在故事或者传说中，在我们身边，也有很多"天使"，他们在别人需要帮助的时候伸出热情的双手，助人走出困难。他们知道，天使也有很忙的时候，因此，需要更多人来扮演天使的角色。

第3辑 他的肩膀你的高度

每个人都有自己的优势和局限。当感觉到自己的高度不够时，借肩膀给别人用一下。你借出的肩膀会为你赢得新的高度。你的存在，无形中就成了他人存在的重要前提。当困难袭来时，需要记住的是：你需要他的肩膀，他需要你的高度。

第 **4** 辑　欣赏使人变美

　　我们与人交往时，以欣赏的眼光看待别人的优点，以缩小再缩小的比例衡量别人的缺点，不仅会使交往顺畅又悦心，还能使自身和别人的缺点在无形中隐没，最后消失。因为人人都渴望得到别人的欣赏和鼓励，它是促使人积极向上的强大力量。

第 5 辑　没有一种给予是理所应当的

　　没有一种领受是可以无动于衷、心安理得的，都应心存感激。一朵花会为一滴雨露鲜艳妩媚，一株草会因一缕春风摇曳多姿，一湖水也会因一片落叶荡漾清波，一颗心更应对另一颗关爱的心充满感激之情。

第 6 辑　真正强大的力量

　　生活中的每一件小事都像那些最平凡的沙子一样，不起眼，但是蕴含着金子。人生也一样，在那些微不足道的小事里，却可以历练出一个人的气概和品质。只要我们在最困难或者会绝望的时候，坚守住自己的那份坚强；在别人最困难或者最绝望的时候，能伸出自己宽容的手，我们就能拥有最强大的力量。

第 **7** 辑 可以低头，但不能弯腰

低头是谦逊的姿态，不弯腰是不屈的品格。学会适时低头，是我们需要掌握的人生智慧，有时稍微低一下头，或许我们的人生路就会走得更顺畅更辉煌；时刻挺直腰板，是人生不可或缺的尊严与勇气，宁折不弯的脊梁，会为我们赢得更多尊重与喝彩。

　　气度，决定了一个人的高度，一个有气度的人才有成功的本钱，否则他未来的成就势必会受到局限。这是一个知识爆炸的时代，在我们追求知识、才能的同时，千万不要忽略了修养和品格。

自私的代价 ◎周仕兴

> 自私的我们只因为眼前的蝇头小利，丢掉了已经到嘴边的肥肉。

在经过一轮接一轮的重重筛选后，我们5个来自不同地方的应聘者终于从数百名竞争对手中脱颖而出，成为进入最后一轮面试的佼佼者。

我们这5个人，可以说都是各条道路上的"英雄好汉"，彼此各有所长、势均力敌，谁都可以胜任所要应聘的职务。距面试开始时间还早，为了打破沉寂的僵局，我们还是勉强地聚在一块儿闲聊了起来。交谈中彼此都显得比较矜持和保守，甚至夹着丝丝的冷漠和虚伪……

忽然，有一个青年男子急急忙忙地赶来了。他似乎感到有些尴尬，然后就主动迎上前开口自我介绍说，他也是前来参加面试的，只是由于太过于粗心，忘记带钢笔了，问我们几个是否有带的，想借来填写"个人简历"表。

我们面面相觑。我想，本来竞争就够激烈的了，半路还杀出一个"程咬金"，岂不是会使竞争更加激烈吗？要是咱们不借笔给他，那不就减少了一个竞争对手，从而加大了成功的可能？我们几个有心灵感应似的你看着我我看着你，终于没有人出声，尽管我们身上都带有钢笔。

这时,我们5人当中有一个沉默寡言的"眼镜"走了过来,双手递过一支钢笔给他,并礼貌地说:"对不起,刚才我的笔没墨水了。我掺了点自来水,还勉强可以写,不过字迹可能会淡一些。"

他接过笔,深情地握着"眼镜"的手,弄得"眼镜"感到莫名其妙。我们四个则轮番用各自的白眼瞟了瞟"眼镜",不同的眼神传递着相同的意思——埋怨、责怪,甚至愤怒。因为他又给我们增加了竞争对手。

一转眼,规定的面试时间已经过去10分钟了,面试室却仍旧不见丝毫动静。我们终于有些按捺不住了,找到有关负责人询问情况。谁料里面走出来的却是那个似曾相识的面孔:"结果已经见分晓,这位先生被聘用了。"他搭着"眼镜"的肩膀微笑着向我们做了一个鬼脸。

我们这才如梦初醒,可是已经太迟了。自私的我们只因为眼前的蝇头小利,丢掉了已经到嘴边的肥肉;"眼镜"却得益于他的无私,成了这次应聘中唯一的幸运儿。这次面试必将作为我们人生永恒的一课,影响着今后的生活。

做人做事锦囊

也许只是一个微笑,一次相扶,就会为自己赢得一方晴空。自私害人害己。如果我们也不喜欢自私的人,那么就从自己做起,从现在做起,做一个能为别人着想的人。帮别人搬走挡在路上的绊脚石,也是在为自己开路,帮助别人就是帮助自己。

赵航

并非到处都是坏人

（美）F.奥斯勒

你不要因为碰到这种坏蛋就把人都看坏了。世上的坏蛋是不少，但大多数都是好人。

纽约的老报人协会定期聚餐，席间大家常常讲些往事助兴。这天，老报人威廉·比尔先生——这个协会的副主席讲了一段自己的经历。

比尔10岁那年，妈妈死了；接着，爸爸也死了，留下7个孤儿——5个男孩，2个女孩。一个穷亲戚收留了比尔，其他几个则进了孤儿院。

比尔靠卖报养活自己。那年月，报童有菜园里的蚂蚁那么多，瘦小的他不容易争到地盘。比尔常常挨揍，吃尽苦头。从炎热的夏日到冰封的隆冬，比尔都在人行道上叫卖。小小的年纪，比尔已学会愤世嫉俗。

一个暮春的下午，一辆电车拐过街角停下。比尔迎上去，准备通过车窗卖几份报。车正要启动的时候，一个胖男人站在车尾踏板上说："卖报的，来两份！"

比尔迎上前去送上两份报。车开动了，那胖男人举起一枚硬币只管哄笑。比尔追着说："先生，给钱。"

"你跳上踏板我就给你。"他哈哈笑着，把那个硬币放在两个掌心里搓着，车子越开越快。

比尔把一袋报纸从腋下转到肩上，纵身一跃想跨上踏板，脚却一滑，仰天摔倒。他正要爬起，后边一辆马车"吱"的一声挨着他停下。

马车上一位拿着一束玫瑰花的妇人，眼里噙着泪花，冲着电车骂粗话："这该死的灭绝人性的东西，可恶！"然后又俯身对比尔说："孩子，我都看见了，你在这儿等着，我就回来。"随即对马车夫说："马克，追上去，宰了他！"比尔爬起来，擦干眼泪，认出拿玫瑰花的妇人就是电影海报上的大明星梅欧文小姐。

10分钟后，马车转回来了，女明星招呼比尔上了车，然后对马车夫说："马克，给他讲讲你都干了些什么。"

"我一把揪住那家伙，"马克咬牙切齿地说，"左右开弓把他两眼揍了个乌青，又往他太阳穴上补了一拳。报钱也追回来了。"说着，他把一枚硬币放在比尔的手中。

"孩子，你听我说，"梅欧文对比尔说，"你不要因为碰到这种坏蛋就把人都看坏了。世上的坏蛋是不少，但大多数都是好人——像你，像我。我们都是好人，是不是？"

好多年后，比尔又一次品味马克痛快的描述时，猛然怀疑起来：只那么一会儿，能来得及追上那家伙，还痛痛快快地揍他一顿吗？

不错，马车甚至连电车的影子也没追着，它在前面街角拐个弯，调过头，便又径直向孩子赶来，向一颗受了伤、充满怨恨的心赶来。而马克那想象丰富的哄骗描述，倒也真不失为一剂安慰幼小心灵的良药，让小比尔觉得人间还有正义，还有爱。

比尔后来还经历过千辛万苦。他没有上过正规学校，但凭自学当上了记者，又成了编辑，还赢得了新闻界的声誉。他和弟弟妹妹们后来也团聚了。

比尔向他的报界同仁说："谢谢上帝，艰难困苦是好东西，我感激它。不过,我更要感激梅欧文小姐,感激她那天的火气、她眼里的泪花和她手中的玫瑰,靠这些我才没有沉沦,没有一味地把世界连同自己恨死。"

善意的谎言让比尔的灵魂得到慰藉,苦难的经历让他懂得了感激和奋起,最终成就了一番事业。善良,可以激发别人心中自信的种子。也许就是我们一句温暖的话,一个轻轻的举动,就能使别人有信心面对困难,从沉沦中崛起。善良待人,我们也能从那份自信中找到希望。

倪玮琳

气度决定高度 ❯吕 斌

气度,决定了一个人的高度,一个有气度的人才有成功的本钱,否则他未来的成就势必会受到局限。

有一个公司重要部门的经理离职了,董事长决定要找一位德才兼备的人来接替这个位置,但连续来应征的几个人都没有通过董事长的考试。

这天,一个30多岁的留美博士前来应征,董事长却通知他第二天凌晨3点去他家考试。这位青年于是在凌晨3点就去按董事长家的门铃,却未见人来开门。一直到早上8点钟,董事长才让他进门。

考试的题目由董事长口述。董事长问他:"你会写字吗?"年轻人说:"会。"董事长拿出一张白纸说:"请你写一个白天的'白'字。"他写完了,却等不到下一题。他疑惑地问:"就这样吗?"董事长静静地看着他,回答:"对!考完了!"

年轻人觉得很奇怪,这是哪门子的考试啊?第二天,董事长在董事会上宣布,该名年轻人通过了考试,而且是一项严格的考试!

他说:"一个这么年轻的博士,他的聪明与学问一定不是问题,所以我考其他更难的。首先,我考他的牺牲精神,我要他牺牲睡眠,凌晨3点钟来参加应考,他做到了;我又考他的忍耐力,要他空等5个小时,他也做到了;我又考他的脾气,看他是否能够不发脾气,他也做到了;最后,我考他的谦虚,我只考堂堂一个博士连5岁小孩都会写的字,他也肯写。一个人已有了博士学位,又有牺牲精神、忍耐、好脾气、谦虚,这样德才兼备的人,我还有什么可挑剔的呢?我决定任用他!"

这位董事长看人的角度非常独特且正确,不是吗?

气度,决定了一个人的高度,一个有气度的人才有成功的本钱,否则他未来的成就势必会受到局限。这是一个知识爆炸的时代,在我们追求知识、才能的同时,千万不要忽略了充实修养和品格。

做人做事锦囊

气度,代表着一个人的胸怀。在为人处事时,我们要多一点宽容,少一点抱怨;多一点大度,少一点虚荣;多一点容忍,少一点急躁;多一点体贴,少一点冷漠,那么,忧愁和不快就会烟消云散,而快乐就会随之而来。

王蕴

每个人都有两张照片　　◎沈　湘/译

如果我们以获益时的笑脸去待人处事,那么我们将会收获更多的笑容。

马戏团团长克莱特,一连好几天都在为一群猴子烦恼不已。因为这些猴子是刚从山上捕获的,由于野性难改,不好驯服,已有好几个驯兽师被这些猴子气坏了。驯兽师纷纷抱怨,那些野猴子实在太难对付了,不如放弃对它们的驯服吧。驯兽师还举实例来说明,他们说的都是实话。

他们曾经用了很多方法来驯服这些野猴子。比如,给它们吃东西,可是它们光吃不干活,哪怕学骑自行车,或者做些简单的倒立、爬竹竿等动作,再或者对着观众们乐一乐也行啊,可是它们一见驯兽师便躲得远远的。后来驯兽师只得将它们和家猴关在一起,希望家猴能够和它们沟通,引导它们学习表演。可是,那些野猴子竟然将家猴打得遍体鳞伤,以至于家猴们也不敢跟它们待在一起。

就在克莱特决定听从驯兽师们的建议,放弃对这些野猴的驯服工作时,他突然觉得还是亲自去看一看再下决定的好。经过一段时间的观察后,克莱特竟然有了一个惊人的发现。为了测试出这个发现是否正确,他召集了所有驯兽师来到现场见证。克莱特首先让人将所有驯兽师的仿真照拿出米,仿真照跟真人差不多高,每人都有两张照片,一张面带怒色,一张笑容满面。这些仿真照一拿出来,便在驯兽师中引起了一阵骚动。但是为了看清团长克莱特的真正意图，他们没有吭声，而是静静地站在一旁观望。

克莱特首先将驯兽师们那些面带怒色的照片，一张张地拿去跟猴子们见面。结果猴子们一个个吓得连滚带爬地逃走了，有的还试图用爪子去撕碎那张照片。然后，克莱特将驯兽师们那些笑容满面的照片，一张张地拿去跟猴子们见面。结果奇迹出现了，只见那些平时野性难改的猴子，竟然安静了下来，并且还冲那张照片笑了笑，尽管猴子们笑得很难看，但那滑稽的样子还是将在场的所有人都逗乐了。

最后，克莱特团长转向狐疑的驯兽师们，慢慢地说："你们现在都看到了吧，猴子们需要的是你们真诚的笑脸，而不是你们的满脸怒色。也许你们不明白，我是怎样弄到这些照片的。这些照片是我暗中让人拍下来的，那些满脸怒色的照片是你们在驯服猴子时的模样，而那些满面笑容的照片，则是你们从我这里领取薪水时的模样。现在的问题已经十分明确了，如果你怀着领薪水时的心情去工作的话，工作起来就没那么困难了。"

生活中，其实我们每个人都有这样两张相片，当获益时，就满面笑容；当需要自己付出时，便满脸怒色。如果我们以获益时的笑脸去对待人处事，那么我们将会收获更多的笑容。

做人做事锦囊

当处于困境时，笑容比愁容有力得多，而且更能显示一个人宽阔的心胸和不凡的气度。当同学或朋友不理解我们时，当成绩不理想时，当我们的努力没有达到预期目标时，与其愁容满面，知难而退，不如微笑面对，迎刃而上，美丽的笑容会为我们带来满意的收获！

● 高洁

理 解　蒋光宇

如果用理解来表达需要，那么自己的需要就容易得到满足。

杰克和约翰是多年的好朋友。一次他们一同去曼哈顿出差。早上，当他们在旅店点完饭菜之后，约翰说："我出去买份报纸，一会儿就回来。"

过了5分钟，约翰空着手回来了，嘴里嘟嘟囔囔地发泄着怨气。"怎么啦？"杰克问。

约翰答道："我到马路对面的那个报亭，拿了一份报纸，递给那家伙一张10美元的钞票，让他给我找钱。他不但不找钱，反而从我腋下抽走了报纸，还没好气地教训我，说他的生意正忙，绝不能在这个高峰时间给人换零钱。看来，他是把我当成借买报纸之机破零钱的人了。"

两个人一边吃饭，一边议论着这一插曲。约翰认为，这里的小贩傲慢无礼，不近人情，素质太差，很可能都是些"品质恶劣的家伙"。

杰克请约翰在旅店门口等一会儿，自己则向马路对面的那个报亭走去。杰克面带微笑十分温和地对报亭主人说："先生，对不起，您能不能帮个忙。我是外地人，很想买一份《纽约时报》看看。可是我手头没有零钱，只好用这张10美元的钞票。在您正忙的时候，真是给您添麻烦了。"

卖报人一边忙着一边毫不犹豫地把一份报纸递给杰克,说:"嗨,拿去吧,方便的时候再给我零钱!"

当约翰看到杰克高兴地拿着"胜利品"凯旋而归的时候,疑惑不解地问:"杰克,你说你也没有零钱,那个家伙怎么把报纸卖给你了?"

杰克真诚地说:"我的体会是:如果先理解别人,那么自己就容易被别人理解。如果用理解来表达需要,那么自己的需要就容易得到满足。"

做人做事锦囊

　　理解是人与人沟通的一座彩虹桥。体谅别人的难处,包容别人的过错,明白别人的需要,是搭建这座彩虹桥的基石。它不仅方便别人行走,也会让自己在与别人的交往中畅通无阻。如果我们有过不被人理解的切身感受,那就请搭建这座彩虹桥吧。

高洁

松下幸之助吃牛排　◎佚　名

　　我想当面和你谈,是因为我担心你看到吃了一半儿的牛排送回厨房,心里会难过。

有一次,松下幸之助在一家餐厅招待客人,一行六个人都点了牛排。等六个人都吃完主餐,松下让助理去请烹调牛排的主厨过来,他还特别强调:"不要找经理,就找主厨。"助理注意到,松下的牛排只吃了一半,心想一会儿的场面可能会很尴尬。

主厨来时很紧张,因为他知道请自己的客人来头很大。"是不是有什么问题?"主厨紧张地问。"烹调牛排,对你已不成问题。"松下说,"但是我只能吃一半。原因不在于厨艺,牛排真的很好吃,但我已80岁了,胃口大不如前。"

主厨与其他的五位用餐者困惑得面面相觑,大家过了好一会儿才明白是怎么一回事。"我想当面和你谈,是因为我担心你看到吃了一半儿的牛排送回厨房,心里会难过。"

如果你是那位主厨,听到松下先生的如此说明,会有什么感受?是不是觉得备受尊重?客人在一旁听见松下如此说,更佩服松下的人格,并更喜欢与他做生意了。

又有一次,松下对一位部门经理说:"我个人要做很多决定,并要批准他人的很多决定。实际上只有40%的决策是我真正认同的,余下的60%是我有所保留的,或只是我觉得过得去的。"

经理觉得很惊讶:假使松下不同意的事,大可一口否决,实际并不这么简单。

"总之,你不可以对任何事都说'不',对于那些你认为算是过得去的计划,你大可在实行过程中指导他们,使他们重新回到你所预期的轨迹。我想一个领导人有时应该接受他不喜欢的事,因为任何人都不喜欢被否定。"

做人做事锦囊

　　我们平时做事情时,是不是也像松下幸之助那样,常常想到别人的感受呢? 自己不喜欢的事,也不要强求别人去接受;自己想获得别人的尊重,那就要先去尊重别人。杰出的人才都是在小事和细节上展现自己的优秀品质的。

高洁

一棵树上的两种果实 ◎古保祥

如果想使自己的生命同时拥有两种果实,你就该允许别人的枝条伸到自己的世界里。

两家相邻,以院墙相隔,墙东栽了一棵石榴,墙西栽了一棵樱桃,春天开花的季节,姹紫嫣红,分外妖娆。

两家经常坐在各自的树下乘凉、吃饭。因为有了两棵树,他们的生活五彩缤纷。

但时间久了,两棵树的枝条开始延伸生长,它们逐渐蔓过了院墙的界限,石榴的枝条跑向了墙西,而樱桃的枝条呢,也无声无息地伸进了东邻。

又到开花时,东家开始给石榴打药了,因为石榴树上生了许多的虫子。他给自己的石榴打完药,仔细观察,竟然发现樱桃蔓过的枝条上也有害虫。他想了想,觉得这可能是自己的石榴引起的。于是,他重新配了药,沿着蔓过的樱桃枝条打药。过了几天,他再次观察时,竟然发现所有的害虫消失得无影无踪,他感觉很快乐。

一场大风雨,残花遍地,西家心疼地看着自己的樱桃,动手给樱桃破损的部分进行捆绑。捆完后,他发现越过院墙的石榴也是体无完肤,他忽地想起来,东家的主人可能出差了,要是几天后回来,石榴也许就会错过了花期。他没有再多想,动手将石榴残破的枝条修理好。

几天后，两棵树又是生机盎然。

到果实成熟的季节了，东家孩子吃了自己的石榴后，看上了蔓延过来的樱桃，他哭着要吃。西家的主人听见了，对东家说，没关系的，拣大的给孩子摘一些吧。东家的主人觉得过意不去，便将自家的石榴摘下许多，送给了西家。

两家人和谐相处，种了一棵树，却能吃到两种果实，都感到分外高兴。

后来，换了新邻居，原来的两家都搬走了。先是东家觉得西家的树枝碍事，便拿剪刀剪了个精光，接下来，西家觉得东家在找自己的事，便索性趁他家没人时，打落了正在盛开的花。

秋天，该是果实成熟的季节了，两家的树枝上光秃秃的，只有几片残叶在秋风中叙说着凄凉。

生命本是一棵华美的树。如果我们想使自己的生命同时拥有两种果实，那么，你就该允许别人的枝条伸到自己的世界里，同时，你也要学会，将自己的成果奉送到别人的面前。

做人做事锦囊

将自己的心敞开，让别人进入我们的世界，烦恼和喜悦才会有人分担与分享；将自己的心敞开，主动关心别人，让别人感受到我们的关爱和温暖。唯有如此，才有机会品尝生命树上不同的甘甜果实，才能体验我们和别人各自拥有的世界。

赵航

宽恕的力量 ◎（美）史蒂夫·古迪尔

> 只有宽恕才能给人第二次机会，只有第二次机会才有可能弥补先前犯下的过失。

在美国南北战争期间，有一个名叫罗斯韦尔·麦金太尔的年轻人被征入骑兵营。由于战争进展不顺，士兵奇缺，在几乎没有接受任何训练的情况下，他就被临时派往战场。在战斗中，年轻的麦金太尔担惊受怕，终于开小差逃跑了。后来，他以临阵脱逃的罪名被军事法庭判处死刑。

当麦金太尔的母亲得知这个消息后她向当时的总统林肯发出请求。她认为自己的儿子年纪轻轻，少不更事，他需要第二次机会来证明自己。然而，部队的将军们力劝林肯严肃军纪，声称如果开了这个先例，必将削弱整个部队的战斗力。

在此情况下，林肯陷入两难境地。经过一番深思熟虑后，他最终决定宽恕这名年轻人，并说了一句著名的话："我认为把一个年轻人枪毙对他本人绝对没有好处。"为此他亲自写了一封信，要求将军们放麦金太尔一马："本人将确保罗斯韦尔·麦金太尔重返骑兵营，在服完规定年限后，他将不受临阵脱逃的指控。"

如今，这封褪了色的林肯亲笔签名信，被一家著名的图书馆收藏展览。在这封信的旁边还附带了一张纸条，上面写着："罗斯韦尔·麦金太尔牺牲于弗吉尼亚的一次激战中，此信是在他贴身口袋里发现的。"

一旦被给予第二次机会,麦金太尔就由怯懦的逃兵变成了无畏的勇士,并且战斗到自己生命的最后一刻。由此可见,宽恕的力量是何等巨大。由于种种原因,人不可能不犯错误,但只有宽恕才能给人第二次机会,只有第二次机会才有可能弥补先前犯下的过失。

做人做事锦囊

采露

无论是一个士兵还是一个学生,每个人都会有过失。对一个士兵,总统林肯选择了宽恕。正是他这种选择,让一个可能成为死囚的士兵焕发了生机,从怯懦的逃兵成为一名无畏战死在沙场的英雄。如果我们能对别人的过失报以一个宽容的微笑,这也是我们给予别人的第二次机会。

学会与人分享 ◉苗向东

学会与别人分享成长、成功与财富,我们自己也一定会最快乐、最幸福、最成功和最富有。

二十多年前,一个在美国长大的犹太裔青年到以色列访问,教堂神父给他讲了二战期间发生的一桩往事。一个冬天,德国纳粹将犹太人驱赶在一起,用火车运往欧洲某地的集中营,火车必须经过漫长一夜才能到达目的地,欧洲冬季的深夜是那样的寒冷——而每六个人中只有一人能得到一条毯子御寒。但没有人争吵,没有人抢夺,因为,幸运分到毯子的那个人总会平静地将毯铺开,和周围其他五人分享,分享这难得的温暖。

故事给年轻人很大的震撼和启发,后来,他将这种理念引进到自己的企业,他不仅为公司的临时职工提供福利,还创立了美国企业历史上第一个"期股"形式,即让公司所有员工都获得公司的股权。此举开始时受到公司高层很多人的反对,而且推行之初公司经营呈现亏损,但是,他坚持和员工分享公司利益的政策,他相信通过利益共享,与员工形成互相信任的密切伙伴关系,并将这种信任和真诚传递给顾客,股东的长期利益才会增加,这么做的效果比单纯广告宣传对公司的作用要大得多。事实证明他是正确的。公司业绩不但很快扭亏为盈,更被誉为全球最受尊敬公司,股票市值在十多年间上升了 100 倍,市值达到 300 亿美元。

这位年轻人名叫霍华德·舒尔茨,他领导的公司就是当今全球最炙手可热的咖啡连锁店——星巴克。

人生的成功也是如此。未来成功的新典范是,不在你赢过多少人,而在于你帮过多少人。你帮过的人愈多,服务的地方愈广,你成功的机会就愈大。

瑞典科学家诺贝尔在读小学的时候,成绩一直是班上的第二名,第一名总是由一个名为柏济的同学所获得。有一次,柏济意外地生了一场大病,无法上学而请了长假。有人私下为诺贝尔感到高兴说:"柏济生病了,以后的第一名就非你莫属了!"

诺贝尔并没有因此而沾沾自喜,反而将其在校所学,做成完整的笔记,寄给因病无法上学的柏济。到了学期末了,柏济的成绩还是第一名,诺贝尔则依旧名列第二。诺贝尔长大之后,成为一个卓越的化学家和发明家,成为巨富。他死后,将其所有的财产全部捐出,设立了知名的"诺贝尔奖"。

因为诺贝尔的开阔心胸与乐于分享的伟大情操,他不但创造了伟大的事业,也留下了后人对他的永远怀念与追思。

通过分享企业利益，一个业绩平平的公司赢得了员工、客户和公众的支持和认可，迅速成长为著名企业。把与人分享当成人生观，成就了伟大的诺贝尔。让我们学会与别人分享成长、成功与财富，我们自己也一定会快乐、幸福、成功和富有。

做人做事锦囊

懂得分享的人，才会受到大家的欢迎和喜爱。很多时候，给予和分享不仅会让自己感受到助人的快乐，而且会带来意想不到的收获和幸福。不会分享也就不会得到别人的帮助，相反还有可能遭遇冷漠。多关心周围的人和事，眼里不再只有自己，博大的心胸会让我们头顶的蓝天更加广阔。

赵航

先把泥点晾干　　○王　悦

> 最好的办法是先把让我恼火的事搁在一边，晾一会儿，等我冷静下来后，再去对付它们。

德国军队向来以纪律严明著称。在一本德国老兵的回忆录中，我发现他们有条耐人寻味的军规：一名士兵可以检举同伴的错误，被检举人也有权反驳。但如果长官发现检举和反驳的士兵曾在近期发生过冲突，那么两个人都会受罚。发生过冲突的人至少要等一周，等情绪完全冷静下来后，才可以告对方的状。

读研究生时，我的导师吉纳也经常告诫我们，不要一时冲动，成了情绪的奴隶。有一年圣诞节，她送给我的礼物是　只咖啡杯，上面印着亚里士多德的一句名言："发脾气是值得赞扬的,如果你能做到:在适当的场合,向正确的对象,在合适的时刻,使用恰当的方式,因为公正的理由而发脾气。"

毕业后的一个雨天,我回系里探望吉纳教授。正赶上一名学生有急事要请教她,吉纳让我在外面的小客厅等她一会儿。小客厅和吉纳的办公室只隔了薄薄一道装饰墙,屋里的对话不时传进我的耳朵。那位同学声音激动。原来其他实验室的另一名研究生出言不逊,当众讽刺他理论过时、见解平庸,令他大为恼火。他不知道是该直接找那个学生论个明白,还是应该找对方的教授评理。他这次来,就是要征求吉纳的意见。

"年轻人,"我听见吉纳教授慢条斯理地说,"有时候,别人的言行是很难理解的。如果你不介意,让我给你一个小建议。批评和侮辱,跟泥巴没什么两样。你看,我大衣上的泥点,就是今早过马路时溅上的。如果我当时立即去抹,一定会搞得一团糟。所以我把大衣挂到一边,专心干别的事,等泥巴晾干了再去处理它,就非常容易了。瞧,轻轻掸几下就没事了。"

好恰当的比喻!老教授的处世智慧令人叹服。那个聪明的学生也顿时醒悟,连连道谢。吉纳最后说:"我年轻时不善于控制情绪,深受其害。慢慢地我发现,最好的办法是先把让我恼火的事搁在一边,晾一会儿,等我冷静下来后,再去对付它们。如果你现在就去质问他,你会更生气,矛盾会更严重。我建议你等情绪的水分都蒸发掉了,再来想这件事。到那时,如果你还打算讨伐他,请再来找我。不过晾干水分后,你也许会发现那泥点也淡得找不到了!"

生活中，我们都有遇到麻烦的时候，不善于控制情绪，会把事情越弄越糟。所以，有人说，成功与失败都在于自己的心态。这话一点都不假，有时候，选择一种心态，也就是选择了通往成功的捷径！

赵航

丢下那袋死老鼠  一 佳

> 背负怨恨是相当沉重的，积聚在心中的怨恨，一定会先伤害自己。

一个22岁的年轻人在订婚那天遭到了巨大的羞辱。当年轻人沉浸在亲戚朋友的祝福声中时，他的女朋友却牵着另一位年轻小伙儿的手对他说："对不起，我觉得，我们在一起不会幸福。"正沉浸在幸福中的他呆若木鸡，在亲戚朋友诧异的目光中他想找个地缝钻进去。

整个小镇都知道了这件事，在订婚的良辰吉日却被心爱的姑娘抛弃，这是何等的羞辱。年轻人决定逃离这个让他觉得生活在羞辱中的小镇。于是，在一个黑夜，年轻人离开了小镇，开始了流浪生涯，从家乡瑞士到德国，又从德国到了法国。他发誓将来一定要风风光光地回到家乡，找回自己丢失的尊严。

再回到家乡已经是30年后的事情，当年负气出走的年轻人已经鬓角发白。但是这个时候，他已经成为伟大的文学家和思想家。

他的著作《忏悔录》《社会契约论》《爱弥儿》在欧洲引起了巨大的反响,他的名字——卢梭,享誉欧洲。在回到家乡的第二天,有位老朋友问他:"你还记得艾丽尔吗?"卢梭笑着说:"当然记得,她差一点儿做了我的新娘。"满是轻松,没有丝毫的怨恨。"当初她带给了你莫大的羞辱,自己也没有好下场,这些年来,一直生活在贫困潦倒之中,靠着亲戚们的救济艰难度日。上帝惩罚了她对你的背叛。"朋友对卢梭说。朋友本以为卢梭听到当初背叛自己的人落个悲惨下场后会感到高兴,然而卢梭却对他说:"我很难过,上帝不应该惩罚她。我这里有一些钱,请你转交给她,不要告诉她是我给的,以免她以为我在羞辱她而拒绝。"

"你真的对艾丽尔没有丝毫的怨恨吗?当初,她可是让你丢尽了脸。"朋友用质疑的语气问。

"如果有怨恨,那也是 30 年以前的事,如果这些年我一直对她怀有怨恨,那我自己岂不是在怨恨中生活了 30 年,那对我有什么好处呢?就像我提着一袋死老鼠去见你,那一路上闻着臭味的岂不是我。怨恨就是一袋死老鼠,最好把它丢得远远的。"卢梭说完从口袋里拿出一些钱来,递给朋友。然后说:"希望这些钱能帮助她摆脱困境,生活得好一点儿。"

对待曾经带给自己奇耻大辱的人,卢梭选择了宽容,而不是怨恨。怨恨就像一袋死老鼠,提着它只能使自己闻到臭味。背负怨恨是相当沉重的,怀恨在心,可能伤害别人,但积聚在心中的怨恨,一定会先伤害自己。不妨去原谅那些曾经伤害过你的人,丢掉怨恨那一袋死老鼠,澄清自己的心灵,去感受愉悦的芬芳。

用一袋死老鼠来形容怨恨，实在是奇妙又形象。如果卢梭30年来一直带着怨恨来学习、生活和写作，那无疑是在消磨自己宝贵的生命。换到我们身上呢？我们的日记里是不是记录着谁对我们的伤害或者羞辱？赶紧扔掉吧，就像扔掉一袋死老鼠。宽容是洗净我们生命路上污秽的最好方法。

采·露

林肯的家教 　（美）威廉·贝内特

学会宽容别人，这样才能使自己的路越走越宽广。

林肯的真诚与宽容在美国历史上是有口皆碑的。在这位伟人的身上体现出的这种美德，与他继母的教育是分不开的。

由于家境困难，林肯12岁的时候不得不中止学业，去做了一个伐木工人。那个时候伐木工人的工资很低，伐一立方米的木材只有1.2美元的报酬。当时伐木全是手工劳作，所以工作的效率也很低，一个人要干两天才能伐到一立方米。伐倒了木材，工人们就在木头的尾部用墨水写上自己名字的第一个字母，表示这根木头是自己伐的，然后再去向老板要钱。林肯的全名是亚伯拉罕·林肯，所以他就在自己伐倒的木材上写上一个"A"字，但是有一天他发现自己辛苦砍伐的十多根木头被人写上了"H"，这显然是有人盗用了林肯的劳动成果。

林肯生气极了,回家对继母说:"一定是那个叫亨得尔的家伙干的,我找他理论去。"

继母看着林肯说:"孩子,你先别急,听我给你讲个故事。"

"故事? 和这件事有关吗?"林肯奇怪地说。

"是的。听完了你就明白了。"于是黛丝平静地讲了起来。

"从前有一片大森林,那里有一个善良的人,名叫斑卜,他以打猎为生,经常在密林中安装捕兽套子。由于他安装的地方是野兽们经常出没的路线,所以几乎每天都有收获。有一天他又去收套子,却发现套子上只有动物脱落的毛,动物已经被别人取走了,斑卜很生气,但又不知是谁干的,他想留个条子,可是不会写字。于是他就在纸上画了一张很生气的脸,放在套子上。第二天他又去收套子,发现套子上有一片大树叶,树叶上画着一个圈,圈子里有房子,房子旁边还有一只狂吠的狗。斑卜不知道是什么意思,他想:为什么别人拿走了我的动物还要画图呢。他觉得应该和这个人见面说理,于是他就画了一个正午的太阳,还有两个人站在捕兽套边。第三天中午他又来到了这里,看到有一个浑身插满了野鸡毛的印第安人在那里等他。他们彼此语言不通只能通过打手势来对话,印第安人用手势告诉斑卜这里是我们的地盘,你不可以在这里装套子。斑卜也打手势说:这是我装的套子,你不能拿走我的果实。两个人的模样都很古怪,相互看得直乐。斑卜想,与其多个敌人,还不如多一个朋友,于是他就大方地将捕兽套送给那个印第安人了。

"这样大家就相安无事了,后来有一天斑卜打猎时遇到了狼群追赶,被迫跳下了悬崖,等到他醒来的时候,他发现自己正躺在印第安人的帐篷里,伤口上还有印第安人给他上的药。此后他就成了印第安人的好朋友,和他们生活在一起,共同打猎。"

黛丝讲完了故事,微笑着看着林肯说:"你说斑卜做得对吗?"

"他做得很好，这样就少了敌人，多了朋友了。"

"那么你宁愿要朋友还是要敌人呢？"

"当然是朋友了。"林肯毫不犹豫地说。

"对呀，孩子，你要学会宽容别人，这样才能使自己的路越走越宽广。要不然，你在社会上就会到处树敌，很难成功的。"

"我知道了，母亲。"林肯很懂事地点点头。

做人做事锦囊

林肯的宽容肯定不单单是一个故事就塑造而成的。就如同我们在生活中一样，做一件好事并不难，难的是一辈子做好事。所以，天长日久的宽容养成了一种习惯，而习惯的积累，就形成了一种好的教养。我们能做的，除了从林肯的身上学习他的教养之外，就是从现在开始，一点一滴地积累我们的小宽容，慢慢等待着好教养的形成……

采露

第 2 辑

当天使很忙的时候

　　在西方文化中，天使是真善美的化身，它惩罚坏人，帮助善良和贫苦的人，深受人们的喜爱。但天使不仅仅只是出现在故事或者传说中，在我们身边，也有很多"天使"，他们在别人需要帮助的时候伸出热情的双手，助人走出困难。他们知道，天使也有很忙的时候，因此，需要更多人来扮演天使的角色。

改变冷漠的勋章 ▶佚 名

将奖章赋予奥利特的原因，并不是他挽救了一个人的生命，而是因为他改变了纽约人的冷漠。

"铜勋章"是纽约公民最高的荣誉。韦斯利·奥利特获得之前，"铜勋章"的得主都是拳王阿里、马丁·路德·金，甚至麦克阿瑟这样世界闻名的名人。

奥利特50岁，是一个普通的建筑工人。他获得"铜勋章"的原因是他在纽约哈林区三十七街地铁站冒死救护了一个癫痫病者，一个掉入地铁轨道的病人。

当时奥利特跳下去，想把他拉上来，可是那个病人却拼命挣扎。眼看着一列地铁呼啸着高速行驶过来，奥利特没有放弃，而是用力地将病人按住，紧紧地趴在了轨道中间。

好在列车及时刹车，让他和那个病人只受到了轻微的擦伤。不过他的举动，还是震惊了在场的每一个人。《纽约邮报》在报道中写道："向地铁超人致敬！"然后，纽约市长彭博向他颁发了"铜勋章"。

有人质疑说，单凭挽救一个人的生命，似乎不应该与以往的"铜勋章"得主并列这个荣誉。

可是，彭博却用响亮的声音回答了这个质疑："你们现在可以到地铁里去看看，有多少人在得到陌生人的帮助。而之前，纽约是个冷漠得让人害怕的城市。2005年在地铁里，有人眼睁睁地看着别人遭袭而无动于衷;有老人死在车上,足足6个小时,才被人发现……"将奖章赋予奥利特的原因,并不是他挽救了一个人的生命,而是因为他改变了纽约人的冷漠。

做人做事锦囊

生活中,一件小事,一个细节,往往最能显露一个人真实的品性。挽救一个癫痫病人的生命,和那些有着丰功伟绩的伟人们相比,可能并不是一件惊天动地的事情,但是,就是这一件事,让人们知道,温暖还在我们周围。帮助需要帮助的人,关心和温暖别人,我们的城市就会变得温暖起来。

◯ 采
露

那条鱼在乎 ◯ 高玉元

> 有时我们看似不经意的举动,可能会给对方带来意想不到的希望。

曾经读到过这样一个故事,每次潮落,总有好些小鱼被留在海滩的浅水处,无法回到海里。这太常见了,大人们都见怪不怪。一个人远远地看到一个孩子正在用手不停地把它们转移到海里,便走过去劝他:傻孩子,小鱼这么多,你这样做是徒劳无功的啊!哪知,孩子一脸稚气地回答,不,至少这条小鱼在乎。说着他小心地把手里的小鱼转移到了海水里。

我没比尔·盖茨有钱,注定做不了惊天动地的大善事;也不得不承认比不上丛飞伟大,只是碰到了,力所能及地伸一下手。有时我们看似不经意的举动,可能会给对方带来意想不到的希望。

前一段时间,父亲生病了,急需一大笔钱,我忙活了半天还差四万多。正当我发愁时,好几年没联系过的同学林不知道从哪听到了消息,从广州来电询问此事。问明情况后他二话没说把余款汇了过来。我当时吓了一跳,要知道好些平常哥长哥短的人,一听说来意都面露难色,在我打了欠条并保证很快还钱后才勉强同意。还钱时我无意中从林的女友那里听说其实他们手里也挺紧的,这本是他们准备买房结婚的钱,硬是给我匀出来的。我很过意不去,一再表示谢谢。但林好像比我还不好意思:哥们儿,你怎么这么客气啊,比起你帮我的这不算什么。

我一时糊涂了,我没帮过他什么啊?

你忘了吧,自从你当众喝了我茶杯里的水后,我就认定你是我一辈子的哥们儿。林的语速很快,显得有点儿激动,在他的一再提醒下我才转过弯来。那时我们正读高中,林在一次体检中查出患有乙肝。当时高考还比较严,和乙肝扯上关系的考生高校一般不予录取,所以大家都很忌讳。所有的同学都像躲瘟疫似的躲着他,不和他一块儿吃饭,不和他说话,甚至不愿意和他一个寝室,生怕传染给自己。我从学医的哥哥那里明白,日常接触并不会传染乙肝,就有意无意地替他解围。

说实话,我并没感觉这有什么。但电话那端的林却非常的激动,怎么能说没什么呢? 你知道,我当时以为考大学完全没戏了,前途一片黑暗,想死的心都有。因为你我才坚持了下来,后来国家不限制了我也考上了大学。我应该好好感谢你才是。其实,我那时没想这么多,完全出于班干部的职责本能,但我很庆幸我做了。而老田和我爷爷的终生友谊更让我对此深信不疑。

爷爷退休前是一所高校的教授,知识分子那点儿迂腐和清高,他样样都有。记得爷爷的字写得远近闻名。哥哥毕业分配时,一个官员答应帮忙,但条件是要爷爷为他写一幅字,爷爷听说他官风不好硬是没给。老田是个老实巴交的农民,从没离开过老家。我看不出他们有什么共性,但从小就听爷爷说,老田是他最好的朋友。

只要一有空闲,爷爷就会去找老田聊天。我们家住村西,老田住村东。由于村子大,来回一趟有二里多路,对一个70多岁的老人来说还是很吃力的。但爷爷从没觉得,印象中回来后总是高高兴兴的。后来我们搬到了城里,爷爷也跟了过来,可总是过不了几天他就会和老田通次电话,有老乡来也必让其给老田捎些东西。由于爷爷这样,叔叔婶婶们也都很尊重老田,见面喊田叔喊得很亲。

后来,我还是从父亲那里知道了来龙去脉。原来,爷爷"文革"时因为说真话,被打成右派发配到乡下农场干活。大热天又苦又累,他从小读书,哪受过那苦啊。那些农场干部又不明就里,受人蛊(gǔ)惑故意折磨他,一整天不给一口水。旁人怕惹上麻烦,都躲着他,只有田爷爷心好,经常偷偷地派他小儿子给爷爷送水。可以这样说,要不是老田让儿子送来的水,爷爷早已不在人世了。

所以,我像那个孩子一样固执地深信,"那条鱼"一定在乎!

做人做事锦囊

当身边的朋友遇到困难时,请伸出你的手帮助他。对于你来说,也许这只是举手之劳,但对于深处窘境的人来说,却很可能改变他的一生。助人者,得人助。生活在这个世界上,说不准哪一天,你也会遇到困难,这时候,那些帮助过你的人会因为感恩对你施以援手。从这一层面来说,帮助别人,也是在帮助自己。

第三个愿望 ◎毛汉珍

我最后一个愿望就是让你亲眼看到女儿,看到她粉红的小脸和俏皮的小鼻子。

朱晓琳是个孤儿,读小学二年级。这天,当她得知参加学校的铜管乐队要交五百块学费,还要花一千块才能买到老师指定的长笛后,她只有放弃了。

没有家长接送,朱晓琳早就习惯了自己过马路,好在这所学校距离孤儿院只有三站地。这天放学后,朱晓琳正要过马路时,听到身边一个中年男人对她说:"孩子,我是个盲人,你可以领我过马路吗?"朱晓琳高兴地答应了。她牵着男人的手,边走边说:"你听到汽车轮胎轧路面的声音了吗? 如果斑马线没有这声音,就证明是绿灯,可以放心地走;如果只有一侧有声音,那是转弯的车,要尽量小心些;如果几条车道都有声音,那是红灯,不能通行。"说完,朱晓琳领着盲人穿过了马路。盲人道谢,又问她能不能送自己到前面的小马路,过了小马路就是他的家。朱晓琳爽快地答应了。

两人边走边聊,朱晓琳问他是先天盲吗? 男人说是。朱晓琳又问他是否有孩子? 男人点头,说有一个五岁的女儿。

"真遗憾,你从没看到过她长得有多漂亮吧? 我猜你最大的心愿一定是能够看她一眼。"朱晓琳说。

"嗯。我很想很想看她一眼。"男人一字一顿地说。

走出几十米,快到一条胡同口,朱晓琳说他差不多快到家了。这条路很窄,没有十字路,他可以顺着路走回去。

男人想请朱晓琳到自己家坐坐。朱晓琳拒绝了,回去太晚,孤儿院的阿姨会担心的。走了两步,她突然解下手上的一串风铃,对男人说戴上它,走到哪儿都会有人注意他。即使找不到家,也会有人帮他。说完,朱晓琳向男人道了声再见。

第二天,朱晓琳从学校出来,走到花坛边,又遇到了那个盲人。他再次请求朱晓琳送自己过马路。一路上,朱晓琳给男人讲着学校的事情,开心得像只小鸟。

男人问她很喜欢学校吗?朱晓琳说是的,她虽然不能参加学校的铜管乐队,可她能坐在礼堂外面听。昨天晚上,她用硬纸糊了一支长笛,也做出圆孔,一端缠上透明胶带。那是她的铜管长笛,能吹出好听的声音。

男人停住脚,问,你这么喜欢乐器?朱晓琳说是啊,想每天都听到。今天语文课上老师出了个题目,如果上天可以满足一个人三个愿望,她想知道每个人的愿望是什么。朱晓琳的其中一个愿望就和长笛有关。男人好奇,问她的三个愿望都是什么?

"第一个愿望就是让我的父母活过来,他们去世时我才五岁,现在我都想不起他们的样子了。第二个愿望就是我能得到一支长笛,参加学校的铜管乐队。第三个愿望嘛,"朱晓琳调皮地卖起了关子,"我不告诉你。"

男人摇摇头,说他猜得到。朱晓琳说他猜不到,因为和他有关。

"和我有关?"男人有些不解。

"是啊。昨天晚上,我想了很久,如果你能看到自己的女儿,该多高兴!所以,我最后一个愿望就是让你亲眼看到女儿,看到她粉红的小脸和俏皮的小鼻子。"朱晓琳大声说着,咯咯咯地笑了起来。

男人几乎是惊呆了,愣了半天,他才在朱晓琳的一再催促下往前走。

后来,朱晓琳再也没有遇到过那个盲人。

半年后,孤儿院接到电话,一家医院要为朱晓琳免费做手术,有人为她提供了一对眼角膜——几年前的一场大火,烧死了朱晓琳的父母,她的眼睛也失明了。

手术很成功,朱晓琳重新看到了这个世界。她出院那天,来接她的是孤儿院的阿姨和一对医生夫妇。这对医生夫妇愿意收养朱晓琳,只要她同意。朱晓琳高兴得哭了,她以为这辈子都会生活在黑暗里,可现在她又能看到了;她以为得在孤儿院待到十八岁,可现在她又重新有了父母;她以为得在盲校读完中学,想不到她可以转到普通学校了。

来到新家,沉默寡言的父亲和性情温柔的母亲为她准备好了一切。当朱晓琳看到一支铜管长笛放在她的书桌上时,她惊讶得叫出声来。抚摸着梦寐以求的长笛,朱晓琳又要高兴得哭了。母亲摇摇头,说她的眼睛刚刚恢复,不能总是哭。朱晓琳强忍着,把眼泪咽了回去。

躺在床上,朱晓琳觉得自己真是天底下最幸运的孩子。原来,上天是可以让人实现愿望的。她有了父母,有了长笛,只是,那个盲人呢? 他是不是能够看到自己的女儿了?

这个答案,恐怕要等朱晓琳长大后才知道。半年前,她两次遇到的"盲人",就是她现在的父亲。其实,他并不是盲人,而是某医院著名的心脏科专家。他两次接近朱晓琳,并扮成盲人的模样,只是想把朱晓琳骗到胡同口,再将她骗上车,然后带她远远地离开。

她是个孤儿,生命卑微得可以不引起任何人的注意。他的小女儿因先天性心脏病已经无法用药物治疗,除了移植心脏,没有别的途径。被即将失去女儿的痛苦折磨得要发疯的父亲,脑子里突然闪出一个罪恶的计划。他想起了曾收治过的盲童朱晓琳,她的血型和女儿相同,她的身体条件符合移植。只是,当他一次又一次接近她,却被她的善良深深感动了。尤其是听到她的第三个愿望时,他再也无法伸出罪恶的手。

小女儿去世前,父亲问她愿不愿意将自己的眼角膜捐给一位姐姐,让它们重新看到父母时,女儿答应了。她是个和朱晓琳一样乖巧的女孩。

这天晚上,朱晓琳做了个梦,她梦到了父母,梦到她参加了铜管乐队,还梦到了那个盲人。他回过头,微笑着对她说:"你的三个愿望都实现了,我看到了自己的小女儿……"

做人做事锦囊

为他人着想,让别人感受到来自于我们的关爱,当我们遇到麻烦时,自然会有人伸出援助之手。这种美德,既能帮助别人,又能保护自己。

倪玮琳

暖
◉ (美)朱易丝·安瑞森

我欣慰地走到窗边拥抱我的小天使,草地上一丛丛兰花安静地盛开着,又香,又暖。

初春某个假日的下午,我在储物间整理一家人的冬衣。9岁的女儿安娜饶有兴致地伏在不远的窗台上向外张望,不时地告诉我院子里又有什么花开了。

这时，我无意中在安娜羊绒大衣两侧的口袋里各发现一副手套，两副一模一样。

我有些不解地问："安娜，这个手套要两副叠起来用才够保暖吗？"安娜扭过头来看了看手套，明媚的阳光落在她微笑的小脸蛋上，异常生动。

"不是的，妈妈。它暖和极了。""那为什么要两双呢？"我更加好奇了。她抿了抿小嘴，然后认真地说："其实是这样的，我的同桌翠丝买不起手套，可是她宁愿长冻疮，也不愿意去救助站领那种难看的土布大手套。平时她就敏感极了，从来不接受同学无缘无故赠送的礼物。妈妈买给我的手套又暖和又漂亮，要是翠丝也有一双就不会长冻疮了。所以，我就又买了一模一样的一副放在身边。如果装作因为糊涂而多带了一副手套，翠丝就能够欣然戴我的手套。"孩子清澈的双眸像阳光下粼粼的湖水，"今年翠丝的手上没有冻疮。"

我欣慰地走到窗边拥抱我的小天使，草地上一丛丛兰花安静地盛开着，又香，又暖。

做人做事锦囊

帮助别人是出于好心，但好心也要有恰当的方式。我们要学着去体会如何帮助别人而不让他受到伤害，应多想想对方的感受，让我们的帮助显得更加体贴和周到。

倪玮琳

还原善良的本来模样 ◉祝洪林

清醒后的老人,开口说的第一句话竟是"要感恩,不要赔偿,善意都是美好的,不要伤了好人的心"。

故事发生在加拿大魁北克省的一个小城。

一个风雪飘飞的傍晚,寒冷和积雪让往日川流不息的马路变得静谧而安详。在风雪的簇拥中,一辆白色的轿车像年迈的老人慢慢地向前蠕动,车上的鲁尼兹小心翼翼地驾驶着,他接到了儿子高烧住进医院的电话,作为父亲他必须马上赶到医院,守候在儿子身边。他心急如焚又全神贯注。走出不远,鲁尼兹便看到在前边不远处,有一个蹒跚的身影在晃动。善良的鲁尼兹似乎连想都没想,就把车子缓缓地停在那个身影旁边。"请问,需要我的帮助吗?"他探出头大声地问道。

上车的是一位六十开外的老者,说前面不远处的农场就是自己的家,上午出来办事,没有想到回来时,公交汽车因雪大停运了,只好徒步走回去。

主动搭载与人方便对鲁尼兹来说是再寻常不过的一件事了,可他没有想到这一次的善举却非比寻常。

车在一个长长的陡坡上滑行,迎面有一辆轿车喘息着踉跄驶过来,鲁尼兹下意识地开始踩刹车,然而,意想不到的事情发生了,车像醉汉一般,固执地调转车头,向路边撞去,一头撞在一棵大树上。

等鲁尼兹醒来,他已经躺在医院里,所幸,他只是断了两根肋骨,脑部受到震荡。他急于知道老人的情形,护士告诉他,老人做了开颅手术,还在昏迷中。鲁尼兹心里猛地一沉:他的好心,竟会给老人带来如此深重的重创!这是他没有想到的,他又想起自己不太富裕的家庭,他不知该如何应对这场突如其来的灾难。

老人的家人来了,很友好地握了鲁尼兹的手,安慰并感谢他,感谢他在风雪中对老人的帮助。即便如此,老人的家人请来的律师还是如期而至,按照当地的法律,鲁尼兹要为自己的过失负责,承担老人百分之七十的医疗费。

那一年的冬天似乎特别的寒冷,鲁尼兹觉得心像浸在寒冷的冰雪里,不知什么时候能走出这长长的冬季。

老人在沉沉昏睡了20多天后奇迹般地醒过来了。谁也没有想到,清醒后的老人,开口说的第一句话竟是"要感恩,不要赔偿,善意都是美好的,不要伤了好人的心"。家人愣住了,接着,律师也怔住了。继而,小城里的人都被震住了,老人的肺腑之言在人们心里引起了共鸣。小城被感动了,人们纷纷走上街头,打着"让善意不再尴尬"、"拯救爱心"的条幅,为仁慈的老人募捐。一时间,爱心像空中飘飞的雪花纷至沓来,收到的善款之多,超出了人们的想象,更令人钦佩的是老人又把这些善款全部捐出来,成立了"爱心救助基金",专门用来帮助那些因爱而遭遇尴尬的好心人。

多少年过去了,老人早已离开了人世,但以老人名字命名的基金却像滚雪球一样发展壮大,爱与被爱也宛如吻合的齿轮,互相带动,循环传送,小城的人们把人性中最高贵的品德——仁慈善良演绎得淋漓尽致。在魁北克省举行的最受爱戴的人物评选中,人们毫无争议地写上老人的名字——卢森斯。人们这样评价老人:爱原本就是喜悦的关怀和无求的付出。当爱心遭遇法律的碰撞,善意被扭曲时,是老人还原了善意的本来模样,让人们可以毫不戒备地去爱,再没有什么能比生活在和谐有情的社会更让人愉悦和欢欣的了。

"照亮世间的不是日月,而是人心。"倘若赠人玫瑰,手留尖刺,谁还愿赠与? 每一颗爱心都是真诚美丽的,都应该得到尊重和赞赏;每一个善意都是美好的,都应该馥郁芬芳。

做人做事锦囊

善良是世界通用的语言,它可以使人变回本真,让生命充满芬芳。可是,当善良遭遇尴尬,被人误解时,我们还会继续坚持吗? 大声地回答:"会,我一定会!"持久而高贵的善良,终会让我们的生活散发可亲、可爱、可敬的光芒。

◆倪玮琳

当天使很忙的时候 ◎丁 方

在别人最需要的时候帮他们一把,乐于助人,懂得分享,就是人见人爱的小天使了。

我的日子糟糕到了极点。曾经发誓要一生一世对我好的丈夫,两个月前突然销声匿迹,抛下了我和3个孩子。我的收入本来就少得可怜,下个月的房租,我肯定是付不起了,孩子们吃饭也将成为问题,生活看来难以维系。万般无奈之下,我给远在加州的父母打了个电话。我有些担心,后悔自己5年来一次也没有联系过他们。听说了我的遭遇,母亲催促我说:"孩子,马上回来吧,这儿永远都是你的家。"

我把所有的家当都塞进自己的那辆破车里,带上孩子们,立刻出发了。我对孩子们说,我要带他们去和外公外婆一起过圣诞节。

从堪萨斯州开车到加利福尼亚州,是一个漫漫征程,尤其在这天寒地冻的时节。到科罗拉多州境内的时候,气温变得更低,带的干粮也吃完了,孩子们在车后座上冻得直打哆嗦。没跑多久,油表的指针就快指到了零。我在高速公路旁的一个加油站停了下来,准备加点儿油,孩子们希望我能在便利店里买点儿吃的。等我去掏钱包的时候,我突然感觉天塌下来了,我的钱包不见了!天知道,它是被偷了,还是被我丢在了哪个角落。我搜遍了全身的口袋,才找出5美元。总不能就待在这儿吧,我决定先加一点儿油再说。留下打一个电话的钱,我把剩下的4.95美元都用来加了油。

我从收款处出来,捏着5美分的硬币,就像捏着一件宝贝。对我来说,它从来没有像此时这样珍贵过。也许地上有冻冰的缘故,快到车旁时,突然脚下一滑,我重重地摔倒在地上。我再也克制不住自己的感情,坐在地上,泪水像断了线的珠子一样往下掉。

"你还好吧?需要帮忙吗?"忽然有个声音在我耳边响起。

我抬起头,看见一位女士站在我面前,关切地望着我。她穿着一身职业装,大概是下班回家,路过加油的。

"没什么!"我擦了擦眼泪。我的样子一定难看极了:眼圈儿黑黑的,脸上泪痕斑斑,憔悴不堪。

那位热心的女士扶我站起来,并把我跌倒时滑掉的硬币捡起来递给我。"我不想让孩子们看见他们的妈妈在哭!"我挤出一丝微笑说。

那位女士把身子挪了一下,挡在了我和车子之间。"我猜你一定遇到什么困难了!"她肯定地说。

"是很糟!"我把自己的遭遇简单地跟她说了一下,当时并没有奢望能得到什么帮助。没想到她拿出自己的信用卡在加油泵的读卡机上刷了一下,给我的车子加满了汽油。我几乎不敢相信眼前发生的事情。

加完油,那位好心的女士让我稍等片刻,转身跑进旁边的快餐店。回来时,她怀里抱着两大袋吃的,手里还端着一大杯热气腾腾的咖啡。我的几个孩子可能已经饿坏了,接过东西,便狼吞虎咽地吃起来。

临走时,好心的女士把她的手套脱下来,给我戴上。轻轻地拥抱了我一下说:"多保重,路上注意安全。"

我感动得哭出声来。"你真是一位天使!"

"我们都有遇到困难的时候。"好心的女士微笑着说,"每年这个时候天使都很忙。但有时,凡人也会来做这些事情。"

做人做事锦囊

在西方文化中,天使是善与美的化身,它惩罚坏人,帮助善良和贫苦的人,深受人们的喜爱。生活中,想受人喜欢并非难事,只要在别人最需要的时候帮他们一把,乐于助人,懂得分享,就是人见人爱的小天使了。

◎倪玮琳

传 承 ◎佚 名

用一句很简单的话表达,"导师"或"贵人",就是那个帮助你获得成功的人。

1919 年,一位在欧洲大战中受伤的年轻人搬到了芝加哥,住在离安德森很近的地方。这个年轻人是读了安德森的作品后才感到文学力量的强大的,但当他和安德森接触后,安德森为人处世的观点更深切地影响了他。后来，一个同样受安德森作品影响的年轻人慕名而来，并虚心地向他求教。安德森一样毫无保留地指点他，还帮助他出版了他的第一部小说。

许多年过去了，安德森从未拒绝过任何一个向他求教的年轻人，他用他的作品和人格影响了许许多多读者和作家。著名的文学评论家考利称赞安德森是"唯一把他的特色和视野流传到下一代的人"。

第一个年轻人在1926年发表了他的第一部长篇小说，为他赢得了广泛的赞誉。作品的名字是《太阳照常升起》，而年轻人的名字是海明威。第二位年轻人在安德森帮助他的几年后写出了享誉全美的杰作《喧哗与骚动》，他的名字叫福克纳。

许多人不明白到底是什么原因使安德森如此慷慨，愿意把他人生中最宝贵的东西——时间和写作技巧传给年轻人。也许答案在这里：安德森曾受教于另一位前辈作家——伟大的德莱塞。

把自己最美好的品德和最擅长的技巧无私地传承给需要它的人，这种人的美德比任何作品都永恒。

你是否找到了这样的"贵人"呢？用一句很简单的话表达，"导师"或"贵人"，就是那个帮助你获得成功的人。他是你行动的榜样，将自己所学毫无保留地传授予你，适时地对你提出忠告，并为你寻找发展的机会。在许多人的生命历程中，源于"导师"或"贵人"的协助远多过自己内在的力量。

做人做事锦囊

德莱塞，安德森，这些令人耳熟能详的名字，其本身所闪耀的光辉不亚于那些传世的作品。在我们的人生路上，如果也能遇到这样一位"导师"或"贵人"，那是何其幸运的事。从他们身上获得的无价启示，能让我们受用一生。对他们，我们除了感谢，还需要做的就是：把他们无私传承的美德发扬光大。

赵航

让阳光拐个弯儿  ◎ 熊夏明

> 每个人的心里都有这样一缕阳光,你给予别人的越多,剩下的就越多。

几年前,我生了一场大病,在医院里住了 3 个多月。病房里有 4 张病床,我和一个小男孩占据了靠窗的两张床,另外两张床,有一张属于一个姑娘。

姑娘脸色苍白,很少说话,长时间地闭着眼睛——只是闭着眼睛,不可能是睡着。她的身体越来越差,刚来的时候还能扶着墙壁走几步,后来只能躺在床上。

我只知道:那姑娘是外省人,父母离异了,她随母亲来到这个城市,想不到一场突然的变故使母亲永远离开了她;她在这个城市没有一个亲人,也没有一个朋友;她正用母亲留下的不多的积蓄,延续着年轻却垂暮的生命。是的,她只是无奈地延续生命。

一次,我去医护办公室,听到护士们谈论她的病情。护士长说,肯定治不好了。

小男孩也生着病,但非常活泼好动,常常缠着我,要我给他讲故事,声音喊得很大。每当这时,我总是偷偷瞅那姑娘一眼,总是发现她眉头紧锁。显然,她不喜欢病房里闹出任何声音。

小男孩的父母天天来,给儿子带好吃的,带图书和变形金刚。小男孩大大方方地把这些东西分给我们,并不识时务地分给姑娘一

份。如果姑娘闭着眼睛假装睡着，他就把东西堆放在她的床头，然后冲我们做鬼脸。

一次，我去医院外面买报纸，看见小男孩的父亲抱着头蹲在路边哭，一连问了好几遍，他才说儿子患上了绝症，大夫说他儿子活不过这个冬天。

一个病房里摆着4张床，躺着4个病人，却有两个病人即将死去，并且都是一样的年轻。我心情十分压抑。

一切都是从那个下午开始改变的。

小男孩又一次抱着一堆东西送到姑娘的床头。姑娘的心情好一些了，正在听收音机里的音乐节目。她对小男孩说"谢谢"，还对小男孩笑了笑。小男孩得意忘形，赖在姑娘的床前不肯走。

小男孩说："姐姐，你笑起来很好看。"

姑娘没有说话，再次冲小男孩笑了笑。

小男孩说："姐姐，等我长大了，你给我当媳妇吧！"病房里的人都笑了，包括那姑娘。看得出来，那是很开心的笑。

姑娘说："好啊！"她还伸出手摸了摸小男孩的头。

小男孩问："你的脸为什么那么苍白？"

姑娘说："因为没有阳光。"

小男孩想了想，很认真地说："我们把床调换一下吧，这样你就能晒到太阳了。"

姑娘说："这可不行，你也得晒太阳。"

小男孩想了想，拍拍脑袋认真地说："有了！我让阳光拐个弯吧！"所有的人都认为小男孩在开他那个年龄所特有的不负责任的玩笑，包括我。我想，也应该包括那姑娘。可是，小男孩真的让阳光拐了个弯。

小男孩找来一面镜子，放到窗台上，不断地调整角度，试图让阳光反射到姑娘的病床上,不过没有成功。我认为他要放弃的时候,他又找出一面镜子接着试。午后的阳光经过两面镜子的反射,终于照到姑娘的脸上。我看到,姑娘的脸庞在那一刻如花般绽放。

整整一下午,姑娘在静静享受那缕阳光,虽然还是闭着眼睛,却不断有泪水从眼角淌出,她试图擦去,却总也擦不干。

从那以后,小男孩起床后第一件事,就是仔仔细细地擦拭那两面镜子,然后调整角度,将清晨第一缕阳光洒在姑娘的病床上;而此时,姑娘早就在等待阳光了,她浅笑着,有时将阳光捧在手上,有时把阳光涂在额头。她给小男孩讲玫瑰和蜗牛的故事,给他折小青蛙和千纸鹤。慢慢地,姑娘的脸不再苍白了,有了阳光的颜色。

有时,小男孩会跟姑娘调皮,故意把阳光反射在墙上,照在姑娘抓不到的高度。姑娘会撑起身体,努力把手向上伸,靠近那缕阳光。小男孩总是在姑娘想放弃的时候把阳光移下来,移到她的手上或身上。那段时间,病房里总是响起他们的笑声。

我还记得医生惊愕的表情。每天,医生为他们检查完身体都会惊喜地说:又好些了!是的,小男孩与姑娘的身体都在康复。这是奇迹!

我出院的时候,姑娘已经可以下地行走了,她和小男孩手牵手一起送我。两人的脸庞沐浴在金色的阳光下,那是两张快乐并健康的脸。

几年后,我见过那姑娘,当然她没有给那个男孩当媳妇。她说,她每天都在感谢那个善意的玩笑。说这些的时候,她刚出嫁,浑身散发着新娘独有的幸福芳香。她说,是那个小男孩和那缕阳光救活了她,那段日子,每天睡觉前,她都要想,明天一定早早醒来,迎接小男孩送给她的清晨的第一缕阳光。她说,她不想让天真、善良的小男孩在某一天突然见不到她。她说,那段日子一直有一缕阳光照在她心里,给她温暖和希望。她还说,她不敢死去。

我也见过那男孩。他长大了,嘴边长出了褐色的细小绒毛,有了男子汉的模样。那天,我坐在他家的沙发上,问他,那时你知道自己已经被判死刑了吗?他说,知道,只是还小,对死的概念有些模糊,却仍然害怕得很。他说,好在有那个姐姐,那段日子,每天睡觉前,他都要想,明天一定早早起床,让清晨的阳光拐个弯,照在姐姐的脸上,因为她要当我媳妇呢!说到这里,男孩笑了,露出纯洁、羞涩的表情。

不过是一缕阳光,却让奇迹发生了。我想,每个人的心里都有这样一缕阳光,你给予别人的越多,剩下的就越多。

做人做事锦囊

分享越多,给予越多,你就拥有越多。把我们心底的阳光和别人一起分享,得到的是两个人的快乐和温暖。让我们彼此学会珍视给予,习惯给予,因为给予是生命的延续。

赵航

人生的距离 ◎木 峰

保持我们友情的行距和株距,这是我们能够收获友情果实的唯一秘密。

有两个农人,他们在村庄的后面种了5亩玉米。很瘦的农人十分讲究每棵玉米的株距和行距,并且每穴只留一棵茎肥叶壮的苗子,其余的全都拔掉。

　　而稍胖的农人就不同了,他竭力缩小每棵玉米的行距和株距,间苗时特意给每穴都留下了两棵玉米苗。他扳指一算,如果每棵玉米只结一个玉米,到秋天邻居只能收获 1000 个玉米,而自己则可稳稳收获 2500 个玉米。

　　初夏,玉米苗长成了浓绿浓绿的玉米林。瘦农人见了大吃一惊:"你怎么留了这么多玉米苗,秋天能收获什么?"胖农人不屑地答:"玉米苗留得多,到时候我收的肯定要比你多。"瘦农人说:"留足了行距和株距,玉米地里能洒进阳光吹进风,玉米才能长得壮长得好,你这样种玉米恐怕收不到。"

　　忽然一夜刮起了风,那风其实不算很大,每年夏天都要刮几场的。翌日清早,胖农人赶到地里一看,呆住了,大风把他的玉米全推倒了,就像用车轮辗(niǎn)过一样。别说秋天收获更多的玉米了,就连收回种子也只能是空空一梦了。

　　沮丧的胖农人想,这回瘦农人的玉米损失也一定不小了。可结果却是:瘦农人的玉米棵棵都长得直直的、壮壮的,一棵也没有被风吹歪。

　　瘦农人说:"我把行距和株距留得足,风都从玉米行间里溜走了。我这行距,别说是昨夜那场风,就是风再大些,玉米也绝不会有损失。"

　　是的,离得太近,或许一阵轻风、一场细雨就容易使我们彼此受到损失和伤害。给风留下足以溜走的距离,给雨留下足以流走的距离,那么还有什么流言飞语能把我们轻轻击倒呢?

　　保持我们友情的行距和株距,这是我们能够收获友情果实的唯一秘密。

交朋友和种玉米有相似之处。种玉米距离太近,苗株过多,每棵的营养吸收都不足,玉米苗不够强壮,经不起风吹雨打。交朋友,也是一样。每个人都有自己的秘密,走得太近,不经意间,就会造成伤害。保持一定的距离,让各自的秘密有地方收藏和回想,就可以收获友情的果实。

采露

幸灾乐祸的猪 ❯佚 名

这些猪是不是得了厌食症,这样下去迟早会饿死,不如全拉去杀了。

从前有户人家买了好多小猪。这些小猪平日生活在一个大猪圈里,过着吃饱喝足的幸福生活。

其中有一头小猪特别凶,有什么好吃的都抢着吃,也不大干活,长得肥头大耳。其他小猪对它是又怕又恨。终于有一天,猪圈里来了几个人,他们把这头最肥的猪捆起来,准备拉到屠宰场杀了。

这头平日神气十足的猪一下子吓傻了,它拼命地喊救命,可是这些猪不但不帮忙,还一个个冷嘲热讽。

"谁让你平时作威作福,这叫恶有恶报!"一个声音咬牙切齿地说。

"就是,每次有吃的你都抢,吃这么肥,活该!"又一个声音说。

"你真是好可怜啊!不过也不能怪我们。你就自认倒霉吧!"一头猪懒洋洋地说。

不一会儿,那头倒霉的猪就给捆走了。这群平日受它欺负的猪仍然议论不绝。

"终于可以过快乐的生活了。"它们说。

"我看未必。"听到这样不和谐的声音,大家一下子愣住了。它们一看,原来是角落里一头从来不怎么说话的黑猪。

"你这只笨猪,好好在一边待着,插什么嘴?"它们骂道。

这头黑猪也不生气,只听它不慌不忙地说:"你们难道没看出来,它的不幸迟早会降临在我们身上。"

"不可能!那头猪之所以被杀是因为它长得实在太肥了。"

"就是,我们以后别吃那么多就是了。"

黑猪听了冷笑一声,说:"你们太天真了。我看我们还是团结起来,把这些围着我们的栏杆咬断吧。"

"到了外面,谁来喂给我们食物呢?要去你自己去,我们可不去。"

黑猪见它们不听,就自己去咬栏杆,可是栏杆太粗,它咬得牙出血了都没有成功。

其他猪见状哈哈大笑,说:"我看你就是牙全咬没了,也无法咬断栏杆。"

黑猪看到它们得意的样子,又想起刚才肥猪被抓时它们幸灾乐祸的笑声,更加坚定了逃走的决心。

它使劲地咬,又用脚去踢,终于成功地咬断了一根栏杆。

它逃走之后没几天,猪圈里又来人了。这些猪想,我们一个个这么瘦,他们还来干什么呢?只听见一个人说:"这些猪是不是得了厌食症,这样下去迟早会饿死,不如全拉去杀了。"

小猪们一听都惶惶不安起来。它们开始相信黑猪的话了,只是一切已经太迟了。

身边的人遇到困难，你该怎么办？或许他曾经对我们不友好，我们对他心存怨恨而不愿意出手帮助。但是，试想如果有一天困难降临到自己头上呢？身边的朋友也像我们当时一样袖手旁观或是幸灾乐祸，我们又会是什么感受呢？生活在这个世界上，就应该互相帮助，只要团结一心，困难就会远离我们。

其实你也有问题 ◎ 吴淡如

愤世嫉俗的人常从年轻愤怒到老，斜视久了的眼睛看什么都不顺眼。

有一则小故事是这样的：

有个太太多年来不断指责对面的太太很懒惰，"那个女人的衣服，永远洗不干净，看，她晾在院子里的衣服，总是有斑点，我真的不知道，她怎么连洗衣服都洗成那个样子……"

直到有一天，有个明察秋毫的朋友到她家，才发现不是对面的太太衣服洗不干净。细心的朋友拿了一块抹布，把这个太太家窗户上的灰渍抹掉，说："看，这不就干净了吗？"

原来，是自己家里的窗户脏了。

每一个人都曾经遇到过不少愤世嫉俗的人，或者，你也有过一些看什么都不顺眼，永远觉得命运对自己比较坏的朋友，但在倾听他们的怨言之后，总会发现有句老话说得很妙：可怜之人，必有可恨之处。

看到外面的问题,总比看到自己内在的问题容易些;而把错归咎于别人,也比检讨自己来得容易(检讨自己和责怪自己,又是两回事了),于是,愤世嫉俗的人常从年轻愤怒到老,遇上有人过得好,就想咬他一口,斜视久了的眼睛看什么都不顺眼。

做人做事锦囊

每个人都有缺点和不足。这不要紧,最重要的是能够清楚地认识自己,一味着眼于自己的优点,还不断盯着别人的缺点去数落别人,那样永远不会进步。人,每到一个阶段,应学会退一步来想,自己所走过的道路、经历过的成败、自己的得失,到底由哪些因素所致? 全都可以归咎给别人吗? 认真反思过后,你才会发觉,原来自己也有问题。

亲情滋养的优雅 ◎文 冬

优雅的品质,理应需要用文化去熏陶,用人格做支撑,没想到的是,亲情更能滋养优雅的品质。

她是一位公司白领,喜欢写字,她的字冰清玉洁,透着优雅。因为喜欢,我们成了朋友,经常一起去吃饭,渐渐我发现,她更令人欣赏的,是那份独特的优雅。

比如,她每次招呼饭店的服务员,都是甜甜地叫一声"小妹"。开始我以为,这是她称呼上的习惯,就像有的人直呼"服务员",或者像我,干脆对服务员大声喊:"喂——"

也曾以为,她在作秀。但并非如此,有时,分明服务员有错,或态度不好,她对她们的称呼依旧没变,仍是一声声叫着"小妹"。多好的涵养,多优雅的姿态!

我也试着学她,但我那声"小妹",叫得很别扭,甚至肉麻。

我请教她,这一声呼唤,动人的秘诀是什么? 她笑着说:"有什么秘诀啊? 我是真把她们当成自己的小妹了。我的小妹,也是一位服务员,在另一个城市打工。"

她接着说:"看到她们,我总会想起小妹,她独自在异乡,辛苦打工,也一定经常被人呼来唤去,经常被顾客刁难,或者被老板挑剔吧。她委屈吗? 她哭过吗? 我多想每个人都能像我,像对待亲妹妹一样对她们呢!"

我明白了,她是真情流露,我是在作秀,因为我没有这样切身的亲情体验。可是,我没有这样的小妹,就不能修炼出她那样的优雅吗?

她告诉我,她以前也不是这样,而是受了老板的影响。她说:

"我们公司的老板,身家千万,住有豪宅,出有名车,一身的名牌,常被大人物接见,常和上流阶层过往,是个很有档次的人。可他却时常泡在传达室,不拘小节地和门卫并肩蹲在门口,甚至坐在台阶上聊天。

"我也曾猜测,他是在给员工做样子吧,或者,门卫是他亲戚,门卫有背景?

"事实却不是这样。有次中午,我上班早到,路过传达室,想看有无邮件,竟发现老板正躺在门卫脏兮兮的床上,和衣似睡非睡……

"我弄出的响声惊醒了他。他坐起来,问我,这么早就来上班了? 我答非所问,门卫呢?

"老板说,哦,他回家取过冬的衣服了,我替他守一会儿。

"一个老板,居然为请假的门卫替班,还睡在他脏乱的床上? 我很惊讶。老板似乎心情不错,也看出我的惊讶,他说,他的父亲,也曾是一名门卫。

"老板少年时家境贫寒,父亲身体不好,又没本事,农活都由母亲做,一年下来只够温饱,但他和弟弟都在上学,很需要钱,父亲就托人找门路,去城里做了门卫。

"做门卫一个月都很难回家一次,但每月父亲都托进城的乡亲捎钱回家,父亲挣的钱,养起了这个家,也维持了他们兄弟的学业。

"一个中秋节的晚上,兄弟俩正埋头写功课,父亲踩着月光回了家,他带来一个好大的食品袋,里面是喷香的炒菜。父亲说,是一个同事炒了菜送他的。父亲舍不得吃,请值班的人帮他看一个小时门,连夜把菜送回家。但他没吃,只在家待了几分钟就走了。那也是父亲做门卫十来年,唯一的一次在家过中秋。

"老板说到这儿,眼睛湿润,很多年来,他不知道门卫是做什么的,等他上了班,后来又自己创业,接触了很多门卫,才知道,门卫并不像父亲说的那么清闲,要晚睡早起,打扫院子,烧锅炉送开水,还要收发报刊,即使睡觉,也得睁着一只眼。最难受的是,每天守着大门,看别人自由进出,自己却不能离开片刻。做门卫的那种孤独,谁能体会得到呢?

"可是,当他亲眼看见了这些的时候,父亲已经不在了。

"几年来,每到中秋,老板都亲自来值班,他给门卫买好礼物,让他回家团聚。他想每年都体味一次父亲有过的孤独,也给门卫阖家欢乐的整个夜晚,而不是短短几分钟的相聚。他把每一任门卫,都当成了自己的父亲。

"曾经,我觉得老板在传达室的那些粗陋的动作,有失优雅。但那以后我却觉得,一个能与门卫促膝谈心、亲如父子的老板,最配优雅二字了。他的优雅,并非来自他的地位、资产、穿着,也不是他的

智慧和干练,而是渗入到骨髓的亲情。"

讲完老板的故事,她接着说,她很欣赏一位作家的话:因为我有妻子,所以我爱天下所有的女人;因为我有孩子,所以我爱天下所有的孩子。这句话,多有分量!谁都有父母兄弟姐妹,我们爱他们,何曾不希望,他们也被这个世界上所有的人爱着呢?

我明白了,如果我不像爱自己的亲人一样去爱别人,就无法拥有像她和那位老板那样的优雅品质。优雅的品质,理应需要用文化去熏陶,用人格做支撑,没想到的是,亲情更能滋养优雅的品质。

做人做事锦囊

像爱自己的亲人一样去爱别人,这样的爱心最无私,也最真诚。它不需要我们刻意地去做什么,只需要我们用爱己之心去爱他人就足够了。正是这种无私的爱,练就了我们优雅的品格和风度。

王蕴

第 **3** 辑

他的肩膀你的高度

　　每个人都有自己的优势和局限。当感觉到自己的高度不够时，借肩膀给别人用一下。你借出的肩膀会为你赢得新的高度。你的存在，无形中就成了他人存在的重要前提。当困难袭来时，需要记住的是：你需要他的肩膀，他需要你的高度。

给别人一把钥匙

◎（美）龙理·戴维斯　北　佳/编译

给别人一把钥匙，就是为自己的心灵开启了一扇门。

19 世纪早期，在德国的一个小村庄里，坐落着一个由石墙围起的古老教堂，里面有精美的雕刻、彩绘玻璃和一架华美的管风琴。管风琴向来以宽广的音域和饱满的音色被赋予"乐器之王"的美称。

这一天，教堂里正在干活的一位老管理员，忽然听到教堂避难所的橡木门上传来敲门声。他打开门，看到一位穿军装的士兵站在台阶上。

"先生，您可以帮我一个忙吗？"士兵说，"请允许我弹一个小时的管风琴好吗？"

"很抱歉，年轻人，"管理员回答说，"除了我们自己的风琴演奏者外，不允许外人弹奏它。"

"但是，先生，贵教堂的管风琴闻名遐迩，我远道而来，只为了能亲眼见到它，弹奏它，仅一个小时！"

老人犹豫了一下，悲伤地摇了摇头。

"好吗？"士兵请求道，"我的指挥官只允许我请假 24 小时。过几天我们将开拔到另外一个省，在那里将有一场残酷的战斗。恐怕这是我一生中最后一次弹奏管风琴的机会了。"

老管理员不情愿地点点头。他打开门，招手让士兵进来，然后从衣袋里取出一把钥匙递给他："管风琴锁着呢，这是钥匙。"士兵用钥匙打开管风琴华丽的琴盖，然后弹奏起来，宏伟的音符如一排排波浪从管风琴金色的音管中翻腾而出。老管理员震撼了，他的眼中闪动着泪花，在门口的长椅上坐下来。

不到几分钟，教堂门口已经聚满了附近教区的村民，他们朝里窥视，纷纷摘下帽子踏进避难所来倾听，优美的旋律在避难所回荡了一个小时。拥有天才手指的风琴弹奏者完成最后一个音符后，双手从键盘上抬起。

士兵放下琴盖锁好，当他站起转过身来的时候，惊讶地发现教堂里坐满了人，村民们是暂停手中的活儿来听他演奏的。那个士兵谦逊地接受着人们的称赞，然后从过道中央走过，把钥匙归还老管理员。"谢谢。"年轻人感激地说。

老人起身接过钥匙，"谢谢你！"他一边回答，一边握住年轻士兵的双手，"这是我年迈的双耳听到过的最动听的曲子，请问，你叫什么名字？"

"我叫费利克斯·门德尔松。"

老管理员听到这个名字时，眼睛睁大了。眼前的这个士兵，20岁以前就已经是享誉欧洲大陆最著名的作曲家了。老人注视着这个士兵离开教堂消失在村庄的小路上，他喃喃自语道："我差一点儿因为没有给他钥匙而错过这支美妙的乐曲！"

给别人一把钥匙，就是为自己的心灵开启了一扇门。常常给予别人一个力所能及的帮助，你将获得震撼心灵的回报。

善待他人,就等于帮助自己。虽然并不是每一次的帮助都能马上带给我们回报,但至少会在我们的心灵上留下更多慰藉。

9岁的圣诞老人

（美）苏珊·帕威尔　雪舞飘/编译

圣诞老人不仅活着,而且活得很好。我们都是他的助手。

我还记得和祖母度过的第一个圣诞。那时我还是个孩子,骑着自行车风驰电掣般穿过城镇,去找我的祖母。因为我的姐姐对我说:"根本就没有圣诞老人!"这句话对我而言无异于晴天霹雳。她还嘲笑说:"就连傻瓜都知道!"

我祖母是个痛快人,从不会说谎。那天我飞奔到她那儿是因为我知道她会告诉我真相。她总是实话实说的,特别是配上她举世闻名的桂皮面包,实话会更为中听。

祖母在家,面包还冒着热气,她正等着我呐!我一边大口大口嚼着面包,一边把事情一五一十地告诉她。

"没有圣诞老人?!"她嗤之以鼻,"胡说八道!别相信那个。这谣言已经流传好多年了,都快把我逼疯了,彻彻底底地逼疯了。现在穿上你的大衣,我们走。"

"走？去哪儿，奶奶？"我问。我的第二块桂皮面包还没吃完呐。

祖母说的"那儿"原来是指克比百货店，这是镇上唯一一家有点百货相的商店。我们走进商店大门，祖母递给我 10 美元，在那时这可是一大笔钱呢！"拿着这钱，给需要的人买点东西。我在汽车里等你。"说完她转身走出了克比百货店。

我只有 9 岁，常和母亲一起购物，但自己做主买东西还是第一次。商店里又大又拥挤，满是圣诞购物的人流。好一会儿，我只是呆呆地站在那儿，手里拿着 10 美元，绞尽脑汁地想买什么东西，给谁买。我把我认识的人一一想了个遍：我的家人、朋友、学校里的伙伴，还有一起去教堂的人。当我突然想到波比·德克尔的时候，我有了主意，他是一个有口臭、头发蓬乱的孩子。在波拉克夫人的三年级班上，他坐在我的正后方，波比·德克尔没有大衣，他从不在冬天课间出外运动。他母亲总是带口信给老师说他感冒了，但所有的孩子都知道他没有感冒，他只是没有大衣。我手里捏着 10 美元，渐渐地激动起来，我要给波比·德克尔买一件大衣，我选中了一件红色灯芯绒带风帽的，它看起来够暖和，他会喜欢的。

"是给谁的圣诞礼物吗？"我把 10 美元放在柜台上，柜台后的售货员和蔼地问。

"是的，"我腼腆地答道，"是给波比的。"

那个漂亮的售货员对着我笑了笑，把大衣包好，然后祝我圣诞快乐。

那天晚上，祖母帮我把大衣用玻璃纸和彩带包好，然后在上面写上"给波比，圣诞老人"。祖母说圣诞老人总是要保密的，然后她开车带我去波比家，她解释说这样做以后我就成为圣诞老人的正式助手了。

祖母把车停在波比家旁的街上，她和我悄无声息地潜行到波比家旁的灌木丛中藏好。祖母推了我一把："好了,圣诞老人。"她低声说,"去吧!"

我深吸了一口气,冲到波比家的前门,把礼物放在台阶上,按响了门铃,然后飞快地跑回灌木丛,和祖母安全地在一起。我们在黑暗中屏息等待着,门打开了,波比站在那儿……

时光已经过去40年了,但当时和祖母一起守在波比家门前灌木丛中的激动和兴奋丝毫没有褪色。那天晚上我认识到,那些关于没有圣诞老人的可恶的谣言就像祖母说的那样是"胡说八道"。圣诞老人不仅活着,而且活得很好。我们都是他的助手。

做人做事锦囊

生活中,每一个人都可以成为圣诞老人的助手,只要我们在自己的能力范围内献出一点点爱,在接受圣诞老人送来的礼物的同时,送出对别人的真挚的帮助,我们就会成为圣诞老人最得力的助手,这个世界就会更美好。

倪玮琳

天使的一百封来信 古保祥

这段日子我很乖,也很充实,这一切都是因为你们。你们就是真正的"天使"。

汉威生来就是个白血病患者,所以他不得不经常离开校园去医院。

汉威似乎明白自己的病情很严重。在医院时,汉威从来不与别人交流,总是目光呆滞地望着窗外,一副愁苦的样子。

汉威的妈妈见儿子如此,也非常难过,她知道儿子的时间不多了,唯一的心愿就是让儿子在有生的日子里过得愉快些。

这天,同在医院治病的艾米丽要出院了,汉威的母亲来祝福艾米丽和她的母亲,她们在医院的时候相处得很好。艾米丽住院时很活跃,为病人带去了不少快乐。汉威的母亲向她们道别的时候,艾米丽看着汉威的母亲失魂落魄的样子,知道她是因为看着住院的人一个个康复离开,汉威却仍然整天郁郁寡欢而难过。

艾米丽是个聪明的女孩,她说:"我有一个办法,或许能给汉威一点帮助。"汉威的母亲听了很高兴。

这天,母亲微笑着走近汉威,对他说她知道了一种药方可以治他的病,汉威高兴地蹦了起来。在他内心深处,依然渴望着回到校园,因为那里才是自己的天堂,所以,他希望自己能很快好起来。

母亲对汉威说:"在遥远的东方,有一百位天使,他们是东方的圣使,如果你能够坚持给他们写信,他们被你的诚心感动,并且每位天使都给你回一封信的话,你就会得到治病的药方。这是我从别人那里听来的,并且那些人已经成为受益者。"

汉威半信半疑,但在母亲的鼓励下,他摊开信纸,在上面写道:圣洁的天使,我是一个不幸的孩子。你能帮助我吗?

汉威把信交给母亲,母亲拿到镇上邮走了。一周后,母亲高兴地告诉汉威,天使回信了。打开信,里面这样写道:孩子,你要相信自己,相信自己能够好起来,这一点是最重要的。

从那以后,汉威慢慢变得开朗起来,他愿意去做原来懒于去做的一些事情,他的忧郁慢慢被稀释,身上的阳光一天天多起来。

他一连给天使去了好几封信,在信里,他介绍自己生活中的情况,并讨要治病的药方。天使回信告诉他:孤独对治病是最不利的,希望你能够振作起来,去帮助那些需要帮助的人。

汉威出院了。当然，这种病是没法治愈的，去医院只不过让他在病情严重的时候得到些许缓解。然而这次出院后，汉威的母亲却能感到，汉威明显地改变了。

汉威开始到镇上义务打扫街市卫生，在这以前，小镇终年没有义务打扫卫生者。然而汉威却打破了这个局面，有些人开始参与进来，因为他们看到，每天清晨，一位个头矮矮的义务工清扫每家门前的袋子、香蕉皮等杂物。汉威开始感染这里的每一个人。

天使又来信了，信上说他们已经知道汉威所做的一切，称赞他做得很好，他们正在联手寻找能够医治他的病的药方，相信在不久的将来，就能找到。

汉威的脸上开始绽放笑容，原本内向的他开始主动与人交往，还经常跑到镇上的孤儿院里，微笑着劝那些可爱的、无家可归的孩子要学会坚强。在他的眼里，这些孩子比自己还要可怜，他至少还有母亲，还有一个家，可这些孤儿们却有许多痛苦的记忆，这些伤疤藏在他们内心深处，一辈子跟随着他们。

许多人开始与这个孩子交朋友，不少人开始向汉威和他的母亲施以援手。

然而，病魔还是在一步步地逼近年幼的汉威。在收到天使的第九十九封信的那天，汉威忽然倒在了去孤儿院的路上，再也没有起来。

汉威的葬礼上，小镇上几乎所有人都来了。与此同时，在另一个城市，有一百个可爱的孩子，在艾米丽的带领下，赶到了现场。一个孩子拿着一封信，眼含热泪，难过地对汉威的母亲说：对不起，我没赶上写最后一封信，并且，我们也没有找到最好的药方。

汉威的母亲对他说："不，孩子们，谢谢你们了，在汉威最后的日子里，是你们让他摆脱了阴霾，你们送给了他温暖、友情，让他不再孤独,这已经是最好的药方了!"

原来,家在另一个城市的艾米丽,和汉威的母亲分离前,给了她这样一个建议:为了帮助汉威平静、安详、幸福地度过生命中的最后时刻,她可以发动她学校里的一些同学,让他们给汉威写信,每次挑出一封写得最好的信给汉威,这样或许能让汉威快乐一些。但艾米丽说,只是,我不知道会有多少同学能参与进来。

汉威的母亲说,为了让更多的人参与,她愿意付一枚硬币奖励那个写得最好的孩子。于是,就有了"天使"的一百封来信。

最后,汉威的母亲给大家念了汉威的最后一封没来得及发出的信。信上说:

     如果我没能再起来,这就是我最后一封写给天使的信了。我其实早就知道,"天使"的来信不是真的,毕竟谁也没见过天使。而且我在读第二封来信时,就发现了一个错别字,天使会犯错吗?我还发现,很多来信的字迹都不同。所以我肯定这不是天使写的。

     尽管如此,我仍然很高兴,因为能被陌生的人们惦记和关心,是一件很幸福的事。我感觉我的时间不多了,但我在世界上生活过,体会了人间的温暖。这段日子我很乖,也很充实,这一切都是因为你们。你们就是真正的"天使",给我带来了愉快的时光。我会在天国里祝福你们的,希望给我写信的每一个"天使",每天都能像天使般快乐。

信读完了,人群里一片哭泣的声音。

汉威安详地躺在鲜花丛中,旁边散落着一百枚银光闪闪的硬币。

人世间最宝贵的是什么？法国作家雨果说得好——善良。一个人可以没有让旁人羡慕的优异成绩，也可以忍受"缺金少银"的日子，但离不开善良，因为善良是生命的黄金。我们身边也许不会遇到像"汉威"那样特别的事情，但总会有许许多多的小事情，需要我们成为"天使"。不要吝啬我们的善良，那就像一粒粒种子，会长出装扮世界的美丽花朵。

倪玮琳

真实的善良 ◎梁晓声

我感到一种真真实实的善良，仿佛从这卖茶蛋的老太婆心里作用到了我自己的心里。

有一个时期，我因医牙，每日傍晚，从北影后门行至前门，上跨街桥，到对面教育印刷厂的牙科诊所去。在那立交桥上，我几乎每次都看见一个残了双腿的瞎老头儿，卧在那儿伸手乞钱。其中有3次，看见一个老太婆，在给那瞎老头儿钱。照例是十元钱和一塑料袋儿包子。过街桥上上下下的人很多。不少的人便驻足望着那一情形，但是没人掏出自己的钱包。有一天风大，将老太婆刚掏出的10元钱刮到了一个小伙子脚旁。他捡起来，明知是谁的钱，却若无其事地往自己兜里一揣，扬长下了跨街桥。所有在场的人，都从桥上盯着他的背影看。我想他一定能意识到这一点的，所以没勇气回头望朝桥上的人们。

瞎老头问老太婆："好人，你想给我的钱，被风刮跑了吧？那也算给我了！我心受了！"老太婆说："是被风刮跑了。可已经有人替我捡回来了！给！……"

我认识那老太婆。她从早到晚在离桥不远的地方卖茶蛋。我想她一天挣不了几个10元钱的。

于是，几乎每个驻足看着的人，都默默掏出了自己的钱包。

那一天我没去牙科诊所，因为我也把钱给了那个瞎老头。

后来那瞎老头不知去向了。

而那老太婆仍在原地卖茶蛋。

有天我经过她跟前，不由自主地停下脚步买她的茶蛋。我不迷信，可我似觉她脑后有光环闪耀。

我问她："您认识那老头儿？"

她摇摇头，反问我："可怜的老头儿，他哪儿去了？"

我也只有以摇头作为回答。

她长长地叹了口气。我从中顿时感到一种真真实实的善良，仿佛从这卖茶蛋的老太婆心里作用到了我自己的心里。

做人做事锦囊

生活中，我们往往去追求名利得失，而忽略了细微行为的重要性。卖茶蛋的老太婆就用自己的切身行动感染着周围的人，让人们看到了善良的力量。雨果说："最高的圣德便是为旁人着想。"用善良和爱心对待别人，才能得到别人的尊重和认可，才能求得一生的平安和快乐。

倪玮琳

他的肩膀你的高度  查一路

当困难袭来时，需要记住的是：你需要他的肩膀，他需要你的高度。

美国加利福尼亚大学的学者曾做过这样一个实验：把6只猴子分别关在3间空房子里，每间两只。房子里分别放着一样的食物，但放的位置高度不一样。第一间房子里的食物就放在地上；第二间房子里的食物悬挂在屋顶上；第三间房子里的食物则分别从易到难挂在不同高度的位置上。几天后，打开房间发现，6只猴子的生存状况迥异：第一间房子里的两只猴子一死一伤；第二间房子里的两只猴子全死了；唯独第三间房子里的猴子安然无恙。

原因不难明白。摆放在第一间房子地上唾手可得的食物，激起膨胀的私欲，让两只猴子大动干戈，结果非死即伤；第二间房子里悬挂在屋顶上高不可攀的食物，让两只猴子在无望中，互相感染着悲观的情绪，彼此孤立地在饥饿和绝望中死去；只有第三间房子里的猴子，在独自跳跃取食难以奏效时，同时想到了对方。于是，一只猴子站在另一只猴子的肩上，取下食物，两只猴子在"叠罗汉"的过程中，惊奇地发现了一种新的高度，这种高度让它们得以饱食、生存，以至后来离开这间屋子仍然相亲相爱。

其实，人与人相处，也有类似6只猴子的景况。互相撕咬和孤立，都会加速火难的来临。每个人都有自己的优势和局限。当感觉到自己的高度不够时,借肩膀给别人用一下。你借出的肩膀会为你赢得新的高度。你的存在,无形中就成了他人存在的重要前提。当困难袭来时,需要记住的是:你需要他的肩膀,他需要你的高度。

 做人做事锦囊

> 可爱的猴子都知道把"肩膀"借给对手,从而为自己赢得新的高度而不至饿死,那么生活中的我们,是不是也有猴子这样的悟性呢?把对手变成朋友,携起手来共同作战,说不定会释放出超强的能量。因为,现代社会是一个讲求"合作共赢"的社会。

　　　　　　　　　　　　　　　　　　　　　　　　　——赵 航

揣在兜里的剪子　◎郭梓林

> 急别人之所急,想别人之所想,是我们生活和学习中需要恪守的一个信条。

　　最近,我遇上一位在外企做办公室主任的中学同学。多年不见,自然要谈起毕业后各自的情况。说笑之间,彼此都发现,28 年的光阴,已经把同学当年意气风发的容貌,磨砺得面目全非。

　　我的这位同学,来北京好几年了,在办公室主任这个岗位上也已经干了 4 年。有一份可观的收入,老婆孩子也迁到了北京,小日子过得挺红火。闲聊之间,他接过几个电话,大多是安排工作的事,我发现他的性格发生了很大的变化。从前他和我一样,总喜欢丢三落四,而现在,从言行举止上看,那种严谨和周到,让人觉得与以前相比完全判若两人。

前几天,我应邀去参加他们公司一个项目的剪彩仪式,他的有条不紊和周到细致,让我佩服得五体投地。那天的仪式,原定由5位市里和区里的领导剪彩。当5位领导被请上台后,他们的老总发现台下还有一位相当级别的老领导也来了,于是硬把这位领导拉上台,让他也一道剪彩。这时,我看在眼里,急在心里:同学要出洋相了。说时迟,那时快,我的这位同学,迅速从大衣口袋里拿出了一把剪子递了上去,一字排开,6位领导,喜气洋洋地剪完了彩,所有的人皆大欢喜。我在小惊之后,顿生敬佩之情,这一幕真是让我大开眼界。事后我问他:"你怎么知道你们老总还会叫一个人上去?"

"你还别说,他再叫一个,我这边口袋还装着一把呢。"他很轻松地说。

"你小子,还真行。"我拍了一下他的肩膀。

"我们这碗饭不好吃呀!在外企干事,出了问题,从来都是下属的责任。所以,养成了做事多留个心眼儿的习惯。有一次老总出席一个很重要的会议,在头一天下班前,我就把他的发言稿写好交上去了。可是,临到上台前,这位老先生却找不着稿子了,还好我兜里备了一份,否则非得出事不可。高薪不好拿呀!"他深有感慨地说。

回来后,我多次把这个故事,说给自己公司的人听,我一直相信,愿意并且能够给人补台的人,一般是能在企业中立足的——了解别人的需要,就是自己生存的最好条件。

做人做事锦囊

急别人之所急,想别人之所想,是我们生活和学习中需要恪守的一个信条。这需要我们做事之前先用缜密的思路去把未知的结果考虑周全。多设想可能出现的意外,多准备几个补救的措施,是预防紧急问题的常规做法,也是培养我们管理自己、提高生存能力的好方法。

高洁

注 意 聆 听 ◎士 其

妈妈,果然像您说的一样,只要我仔细倾听,人们每天都会教我该吃些什么。

有一天,猫妈妈把小猫叫到身边,说:"你已经长大了,3天之后就不能再喝妈妈的奶了,要自己去找东西吃。"

小猫惶惑地问妈妈:"妈妈,那我该吃什么东西呢?"

猫妈妈说:"你要吃什么食物,妈妈一时也说不清楚,这几天夜里,你躲在人们的屋顶上、梁柱间、陶罐边,仔细地倾听人们的谈话,他们自然会教你的。"

第一天晚上,小猫躲在梁柱间,听到一个大人对孩子说:"小宝,把鱼和牛奶放在冰箱里,小猫最爱吃鱼和牛奶了。"

第二天晚上,小猫躲在陶罐边,听见一个女人对男人说:"老公,帮我个忙,把香肠和腊肉挂在梁上,别让小猫偷吃了。"

第三天晚上,小猫躲在屋顶上,从窗户看到一个妇人在教训着自己的孩子:"奶酪、肉松、鱼干吃剩了,也不会收拾好,小猫的鼻子很灵,明天你就没得吃了。"

就这样,小猫每天都很开心,它告诉猫妈妈:"妈妈,果然像您说的一样,只要我仔细倾听,人们每天都会教我该吃些什么。"

学会聆听是一门艺术。很多时候，当我们不知道怎样去解决眼前的困难时，去听一听别人的建议和想法，我们会得到想要的答案。用心聆听，分享别人的快乐和忧愁，我们会得到双倍的快乐，也会减少一半的痛苦。

高洁

懂得合作的人留下来 ◎一心

3个月的试用期到了，敬业的星被人事部门通知"请走人"。

某个较有名气的刊物因为改版而招聘新编辑。

星和月是应聘者中的佼佼者，她俩才思敏捷，文笔优美，反应快，干劲足，对栏目及选题策划富有创意。星是文学硕士，并在一家待遇不错的杂志社有3年的工作实践，据说是想离家近点，就把单位"炒"了。月是名牌大学的新闻系学士，虽刚刚走出校门，但也在一家有名的大报社实习过，并拿下过几个社会热点问题的大稿子。面对两个出色的人选，老总有些举棋不定，最后决定先试用3个月，之后再优胜劣汰。

原因明摆着，位子只有一个。

竞争本来就不温情。编辑们有时也私下议论会留谁，好像认定星的多一些，硕士和学士毕竟差着档次，何况她确实有能力，这点大家有目共睹。

星和月似乎进入了冲刺阶段,为了胜出对方,她们的栏目创意和采访方案不断地呈现在老总案头,相比下来,星的方案通过率要高于月,上稿量也领先。面对星的强劲锋芒和势在必得,月并没有情绪上的波动,她仍然不怨不弃,认认真真做自己的工作。

编辑们也习惯性地同情起"弱者",对月的处境颇为担忧,时不时给她鼓励和肯定,月诚意地表示感谢。大家渐渐喜欢上了月的踏实和不服输的韧劲儿。

对工作显出驾轻就熟的星,虽仍然不敢稍有懈怠,但心中的得意却越来越明朗化。在例行的编务会上,她对分管栏目提出改进建议的同时,也不经意地"攻击"了其他编辑分管的栏目,什么老化、缺少时尚元素、定位欠准确、稿件没有新意且和别家刊物雷同,等等。尽管她的话不无道理,但编辑们一言不发,似乎要给她提供一个尽情挥洒才能的舞台。而月的及时发言,救了星造成的冷场,她语调柔和地说:"星的想法对我很有启发,不过,我也想谈谈自己对分管栏目的设想,就算抛砖引玉,请在座的各位多提宝贵意见……"

可以想象到,星为这个例会耗费了多少脑细胞,她不仅考虑了自己的栏目,还对其他栏目做了研究和分析,并提出了自认为是最好的方案,但她说话语气的强硬,和对他人能力的漠视,使结果并不乐观。而月没有轻易对"前辈"指手画脚,她将谦逊和分寸把握得恰到好处。

星没有意识到形势的微妙变化,她还是一如既往地张扬自己的才气和个性。

星对工作敬业有加,可以为之拼命,在电脑前熬通宵是她的家常便饭。第二天同事们到工作间时,总是看到一片狼藉,有时还飘着韭菜花的味道。当大家皱眉摇头时,月总是迅速打开窗,默默地以最快的速度打扫干净"战场",并取出自备的空气清新剂喷上几下,室内的景况霎时有了改观。老编们渐渐有了这样的印象:月在哪里,哪里都显得井然有序;星在哪里,哪里都是那么乱七八糟。而星是无暇顾及这些的,也无缘看到月的表现,她在为下一个采访东奔西跑着。

高度近视的星,面对密密麻麻的校对稿,总是痛苦万分。她不止一次抱怨美编的审美取向,甚至说他画的版式多么多么的没特色,还好,这些话一直没当着美编面说,但其他编辑都听到过她的"高论"。月在手头不忙的时候,就轻轻走到要把字"吃"到眼里的星面前,说:"星,要不我帮你校校,你歇会儿。"

月主动请老编们合作策划选题,在实施采访的过程中,老编们的采访技巧,月都铭记在心。虽然主笔多是月,但完稿后,她从不忘让合作的编辑过目,并征求改稿建议。发稿时,她总是把他们的名字写在前面。编辑们都喜欢"带带月",月的尊敬让他们感到舒服,怎么说月也还是个缺少经验的年轻人,于是一些"经验之谈"就在这种好感中流泻出来,让月受益匪浅。很快,月的发稿量就赶上了星,她的策划方案也开始占据上风。老总对月说,你进步挺快,继续努力。星一直是单打独干,她也曾奉命和老编们合作过,但结果都不愉快。老编们说:"她总觉着什么都懂,自己的什么都最好,合作?咱配吗?"

3个月的试用期到了,敬业的星被人事部门通知"请走人"。临别时,星愤愤地对送她的月说:"看着吧,我一定会找到'慧眼识英才'的地方!"月微笑着说:"老总们需要精诚合作的智慧团体,他不能因为一个人而破坏掉这种工作氛围,你没有输在才华上,你输在了别处。"

星若有所思地转过了身,在考虑片刻后,她大踏步地向前走去……

做人做事锦囊

　　星光的微弱,衬托出月光的皎洁;月光的温柔,衬托出星光的璀璨;有星星有月亮的夜空,才是最美丽的夜空。同样,在一个团队中,学会尊重与接纳,学会与人合作、与人为友,才能真正融入其中。

赵航

"请帮按一下9层"
◎卢　青

　　日本著名企业家清水说:"所谓经营,其根本应该是使自己与他人都高兴。"

　　这是全市最忙的一部电梯,上下班高峰时,和公共汽车差不多,人挨着人。

　　上电梯前和公司的人力资源总监相遇,说笑间,电梯来了,我们被人群一拥而进。每个人转转身子,做一个小小的微调,找到了一种相对融洽的关系。电梯往上走。

　　这时,一只胳膊从人缝中穿过来,出现在我的鼻子前头。我扭头望去,一个小伙子隔着好几个人,伸手企图按电钮。他够得很辛苦,好几个人刚刚站踏实的身子不得不前挺后蹶,发生了一场小小的骚动。

　　那个人力资源总监问道:"你要去哪一层?""9层。"有人抬起一个手指头立刻帮他按好了。没有谢谢。

　　下午在楼道里又碰到那个人力资源总监。"还记得早上电梯里那个要去9层的小伙子吗？"她问我。

"记得呀，是来应聘的吧？"9层，人力资源部所在地。

"没错。挺好的小伙子，可我没要他。""为什么？"

"缺少合作精神。"她露出一副专业的神情，"开口请求正当的帮助对他是很困难的事情，得到帮助也不懂得感激。这种人让别人很难与他合作。"

我点头称是。追求独立是好事，但太过了，就成了缺乏合作精神，独立的意志就不再受到尊重。推而广之到企业之间的合作，比独立更深了一层意思——利益。追求自身的利益是应该的，但太过了，就成了无法与人合作的局面，于是自身的利益也追求不到。

如果那个小伙子坦然而自信地说一句"请帮按一下9层"，结果会怎么样呢？大家不会反感他的打扰，帮助他的人还会心生助人的快乐，最后他还会得到想要的。

日本著名企业家清水说："所谓经营，其根本应该是使自己与他人都高兴。"

做人做事锦囊

　　学会求助，也是人生必备的本领。人的一生中，有很多事我们一个人做不来，这时候，开口请求别人帮忙是必要的。勇于开口求助，还应懂得感恩，好人缘自然相伴，成功当然不远。就如一位成功学专家所说："所有成功的人之所以成功，是因为他的人际关系非常好。"

赵航

夏威夷的黑珍珠 ◎ 刘心武

> 我们理解了，有的珍珠，是永远喜欢跟别的珍珠在一起的。

姚老师每周三下午来教老伴弹钢琴，她虽然上过音乐学院，但主修的是声乐，毕业后分配在乐团合唱队，一唱几十年，60 岁以后，在合唱队排练时兼任钢琴伴奏。老伴弹琴只为自娱，姚老师指导她非常得法，两个人很合得来，两年多下来，姚老师已经成了我们共同的朋友。

我从美国讲《红楼梦》回来，带回一些纪念品，其中最贵重的是三件首饰，全是在夏威夷买的。一件是绿宝石坠链，给了老伴；一件是黑珍珠坠链，送给了姚老师。姚老师开始不收，我就解释说，夏威夷有三宝，一是火山熔岩里开采出的绿宝石，老伴最喜欢绿色，几件最常穿的衣服，跟这绿宝石坠链很般配；夏威夷的第二宝是黑珍珠，姚老师爱穿灰黄的休闲服，配黑珍珠更显高雅；第三宝是红珊瑚，我买回一个珊瑚手链，留给儿媳妇。我如实报出购买的价格，让姚老师知道那黑珍珠坠链绝不昂贵，实在只是为了感谢她两年来给我们家带来的欢乐，她听了觉得我确实是把她当做亲人了，也就道谢收下了。

我和老伴都希望姚老师接受礼物后，能马上戴到脖子上，但她却收进了提包，而且，下一个周三来我家，虽然还穿着灰黄相间的服装,却并没有戴我送她的那黑珍珠坠链,而是戴了一条白珍珠的项链,我和老伴交换了个眼色,没说什么,心里都有点疑惑。难道她忌讳黑色?

姚老师指导老伴练了约一小时琴,大家就坐到餐桌边喝下午茶。我注意到,她那白珍珠项链,品相一般。三个人闲聊,不知怎么就聊到了一位仍在电视上露面的著名资深歌唱家,老伴就感叹,说那么多唱歌的,能有几个达到那样的知名度啊!姚老师就说,那是她大学同学,毕业以后跟她一起分到合唱团的。老伴就问姚老师:"您是不是挺羡慕她呀?"姚老师说:"为她高兴,一点也不羡慕。"随后,姚老师讲起了当年的情况,合唱团来了专家,让合唱团每人独唱一曲,合唱团几十个人,足足唱了三天,专家也听了三天。本来,这样做是为了把合唱水平提得更高,没想到专家却从中发现了一个男中音和两个女高音,认为是三颗珍珠,值得培养为独唱演员,那两个女高音,一个就是姚老师,另一个就是现在的著名资深歌唱艺术家。我和老伴只是听,没提问题。姚老师就笑了。

又喝了一阵茶,姚老师继续说,那时候其实专家对她的潜力更看好,但是,她就是想站在队列里唱合唱,不喜欢站到乐队前领唱或独唱,她把自己的这种想法说出来,大家都感到惊讶,专家通过翻译跟她交谈后,说理解了她,还说,很难得,有这样的歌唱者,从灵魂深处体味到了合唱这种艺术形式的真谛,的确,大合唱是人类走向亲和的一种途径。姚老师说,从那以后她就一直留在合唱队,虽然永远不可能出名,却无怨无悔。"我不想做一颗单独闪光的珍珠,我总觉得,一颗珍珠还是跟别的许多颗珍珠在一起,更有意思。"

在姚老师再一次来教琴前,我和老伴多次放送她赠我们的CD盘听,那是她参与的合唱演出的录音,我们原来提不起兴致听,现在却如闻天籁。

　　姚老师再来时,戴了一条黑珍珠项链,我送她的那一颗,在正中间。她没问我们好看不好看。我们也没用语言去评论。确实,我们理解了,有的珍珠,是永远喜欢跟别的珍珠在一起的。

做人做事锦囊

　　宁愿默默无闻地站在人群中,享受和众人在一起走向亲和的美感,也不愿迈出这个团体,独自在人群外发光发亮,就像那颗被串在许多珍珠中间的黑珍珠。在这个世界上,有些人永远喜欢跟别人在一起,甚至可以放弃一些东西。尽管,这些东西在别人看来非常珍贵,可是这种"放弃"本身不是更加珍贵吗?

赵航

心灵的搀扶　　◎(美)凯姆伯利·肖甫

　　这是一个充满无限可能的世界,而人与人之间实际上是需要并渴望心灵上的相互搀扶。

　　我有一个对我影响很大的朋友,他叫特瑞,比我整整大 10 岁,但由于智商的原因,他却像个小孩一样生活着。

　　两年前的一天,特瑞的妈妈问我愿不愿意成为特瑞的"星期六朋友",我欣然应允。我的主要任务是星期六陪他学习、社交或者在公园里散步。令我尴尬的是,在公共场所,这个体重 200 磅的大男孩喜欢主动和别人握手。尽管他带着灿烂的笑容,但当他向陌生人跑去并伸出大手传送真诚的问候时,别人还是因恐惧而躲开了。

"站在我身边，不要这样，"我说，"人家不喜欢这样的。""好吧。"他顺从地回答。但过不了多久，他的毛病就会重犯，早忘了被人拒绝的烦恼。当特瑞学习骑自行车的时候，我看到他撞在路边的镶边石上，从车上跌下来不少于12次。我深深地叹口气，然后走过去搀起他，像个教练对待学员一样命令道："掸掉灰尘，从哪里跌倒就从哪里爬起来！"我一向认为自己很聪明，什么事情都难不倒我。但是，我不知道，这一点即将改变。

那年夏天，在一次垒球比赛中，我悄悄潜入第三垒，就在那时，我的一只防滑鞋崴在了地面上，把我的脚向右后侧拉去，与此同时，我的身体却向前跌倒。我听到了两声清脆的骨骼断裂声……救护车将我火速送往医院，对我崴断的脚脖子实施接骨手术。清晨，我昏昏沉沉地从麻醉中醒来，看到父母和特瑞正守在病床边。见我醒来，特瑞兴奋极了，拉着我的手，要我跳下床来，和他一起玩耍。"嗨，特瑞，我动不了了。"我虚弱地握着他的手。我的脚疼痛不堪，我的思维因服用了止痛药而变得愚钝迟缓。

"掸掉灰尘，从哪里跌倒就从哪里爬起来。"他重复着我常跟他说的话。

"我不能。"

"好吧。"他无奈地点点头，冲出我的房间，到别的地方去找人握手去了。

"特瑞，不要去握别人的手，"我轻声警告道，"人们不喜欢这样。"

出院前，我的整形外科医生说我的脚脖子可能再也不能像以前那样灵活了。我在10个星期之内不能做剧烈运动，而且我必须依靠拐杖才能走路。

现在，轮到特瑞不耐烦了。他想去宠物商店看白鼠和鸟儿，他想去图书馆数书架上的书,他想去公园让我推着他荡秋千……但是,在最近一段时间里,这些事我都无法做到。与此同时,我还被自己的一些问题困扰着。在校运动会开赛前,我的物理治疗能结束吗? 还能恢复得跟从前一样吗? 以后还能在 300 米障碍赛中取得好成绩,成为最棒的一个吗? 我烦躁不安,感到了人生的灰暗。

6 个星期后,我终于去掉了腿上厚重的石膏。又过了几个星期,可以不用拐杖独立行走了。后来,当我能小跑时,每个周六,特瑞就不请自来,拉着我的手一起在校园内的柏油马路上慢跑。他还是那么笨,有时他会自己拌住自己的脚,重重地摔倒在地。我苦笑一下,赶紧搀起他。"从哪里跌倒就从哪里爬起来!"每逢这时,他都会一边将自己腿上的灰尘掸掉一边自言自语地说。他坚强面对每一次跌倒的精神让我备受鼓舞。

数月后,我终于站在了学校运动会的赛场上。爸爸、妈妈和特瑞一起坐在看台上为我加油。发令枪响了,我向前冲去,在跑道的另一侧,欢呼雀跃的人们排成了一堵人墙。我没有时间去回应或者思考——只有使劲地跑,努力地跑。但由于我的脚伤还没有完全恢复,我的身体突然失去了平衡,重重地跌倒在跑道上。就在我被摔得龇牙咧嘴的时候,我听到一个响亮的声音:"掸掉灰尘,从哪里跌倒就从哪里爬起来!"是特瑞! 他正冲着我大声叫喊着。我是一瘸一拐地越过终点线的,在我曾经创下纪录的比赛中我跑了最后一名。然而,我抬起头向看台上望去,特瑞和我的家人正站在那儿为我使劲地欢呼,即使是在我以前获得胜利的时候,他们也没有像今天这样兴奋。我没有拿到奖牌,但是,我懂得了一个比奖牌更有价值的道理:最好的搀扶是心灵上的搀扶。在我跌倒的时候,特瑞用鼓励的话语在精神上将我扶了起来:"掸掉灰尘,从哪里跌倒就从哪里爬起来。"

现在，每逢周六，我仍然陪特瑞一起出去。当有人注视我们的时候，我会拉一拉特瑞的衣袖："去和他握手，特瑞，别忘了告诉他你很高兴见到他，并希望能为他提供帮助。"之所以这样做，是因为我觉得这是一个充满无限可能的世界，而人与人之间实际上是需要并渴望心灵上的相互搀扶的，包括我，也包括特瑞。

做人做事锦囊

人与人之间非常需要并渴望来自他人的相互搀扶，而最好的搀扶就是心灵的搀扶。真诚的尊重和关爱，就像春雨滋润人们的心田。学会关注别人，走进别人的心，给予更多心灵的搀扶。彼此扶持，彼此鼓励，彼此关爱，共同面对将来的生活。

赵航

与对手共存 ◎孙盛起

抱着和对手在竞争中共存的心态，才是明智的经营之道。

在西北这座省会城市里，石先生是经营电脑的第一人。那时电脑的价格还居高不下，而网络热正席卷着全国，尤其是一夜之间冒出来的众多网吧和电脑培训班，为二手电脑开辟了一个巨大的市场。石先生抓住这一难得的机遇，在公交枢纽站附近租了一个两层铺面，成立了一个二手电脑租售公司。

生意如预想的一样红火，公司每月售出的旧电脑有七八百台。

然而半年以后,在同一条街上相继有 4 家租售旧电脑的店铺开张,石先生公司的销售量逐月下降,有时甚至还不及原销售量的一半。这使石先生非常恼火,因为是他最先涉足旧电脑生意,并在这一带形成了一定的气候,那几家明显是来沾他的光。他召集手下开会商讨对策,最后决定不惜一切代价把那几家挤走。

他们采取的第一个步骤就是大幅降价,原本一台 286 旧电脑平均能卖到 400 元左右,价格战打响以后,不出一个月,价格就跌到了 300 元,这样他们就几乎没有利润可言,有时甚至是亏本销售。很快,有 3 家撑不住了,陆续挂出了转让铺面的牌子。出乎他们预料的是,还有一家顽强地支撑着,似乎要和他们死拼到底。

于是石先生设计了一个圈套,让一个朋友谎称要开办电脑培训班,到那家店铺订购 200 台 486 的旧电脑,每台 400 元,3 天后取货,并当场放下 2 万元订金。那家老板乐坏了,匆匆签订了合同,但他的存货不多,从外地发货又来不及,无奈之下只好求助于石先生。石先生以每台 300 元的价格卖给他 150 台,然而当他给客户发货时,才发现其中的大部分电脑被石先生做了手脚,根本不能用。客户自然不要那些货,而且不仅让他承担违约责任,还到处宣扬他坑骗顾客。遭受了如此沉重的打击,他从此一蹶不振,不久也关门搬迁了。

石某大获全胜,如愿以偿地挤走了竞争对手。可是,他没有得意多久,新的烦恼就接踵而至。首先,压下去的价格很难再涨起来。公司不能长期在微利甚至亏本的情况下运营,而涨价又使大多数顾客无法接受,在这两者之间,他根本找不到一个能兼顾的平衡点。再者,那一带又形成了他独家经营的局面以后,顾客不仅没有如预期的那样大幅增加,反而日渐减少。原来,那几家虽然在这一带经营时间不长,但却给这里造成了一种声势、一种规模,人们购买旧电脑时都到这里来,货比三家,选择面大。而他们走了以后,这种"规模效应"也消失了,顾客因此被大量分流。这样的结果是石某始料不及的。

不久,被石某挤走的那几家商户又联合另外几家包租了一座商厦的一个楼层,创办了旧货市场。如此一来,石某的生意更加惨淡,又苦苦地支撑了几个月以后,不得不关门搬迁。

同行之间绝不是"敌人",他们相互竞争,却又相互依存,把同行赶尽杀绝的做法实不可取。市场只有在有序的竞争环境中才能够发展壮大,不择手段地打击竞争对手,到头来通常是两败俱伤。因此,抱着和对手在竞争中共存的心态,才是明智的经营之道。

做人做事锦囊

把对手看成眼中钉,肉中刺,总想把他消灭掉——这是多么糟糕的想法!其实对手不等于威胁,拥有对手不全是坏事。对手既是我们的挑战者,也是我们的同行者。他激发我们的斗志,促使我们进取,帮助我们超越自我,使我们的人生更加完美。所以,面对对手,我们要由衷地说一声:对手,谢谢你!

赵航

第 **4** 辑

欣赏使人变美

　　我们与人交往时，以欣赏的眼光看待别人的优点，以缩小再缩小的比例衡量别人的缺点，不仅会使交往顺畅又悦心，还能使自身和别人的缺点在无形中隐没，最后消失。因为人人都渴望得到别人的欣赏和鼓励，它是促使人积极向上的强大力量。

原　谅　（新加坡）尤　今

我清清楚楚地看到,她大大的眸子里,竟然镀着一层薄薄的泪光。

上海的一家餐馆里,负责为我们上菜的那位女侍,年轻得像是树上的一片嫩叶。捧上蒸鱼时,盘子倾斜,鱼汁泼洒在我搁于椅子的皮包上!我本能地跳了起来。这皮包,是我心头的大爱。

可是,我还没有发作,我的女儿便以旋风般的速度站了起来,快步走到女侍身旁,露出了温柔的笑脸,拍了拍她的肩膀,说:"不碍事,没关系。"女侍如受惊的小犬,手足无措地看着我的皮包,嗫嚅地说:"我,我去拿布来抹……"万万想不到,女儿居然说道:"没事,回家洗洗就干净了。你去做工吧,真的,没关系的,不必放在心上。"女儿的口气是那么的柔和,倒好似做错事的人是她。女侍原本绷得像石头一般的脸,慢慢地放松了,她细声细气地说了声"对不起",便低着头走开了。

女儿平静地看着我,在餐馆明亮的灯火下,我清清楚楚地看到,她大大的眸子里,竟然镀着一层薄薄的泪光。

当天晚上,回返旅馆之后,母女俩齐齐躺在床上,她这才亮出了葫芦里所卖的药。

负笈伦敦 3 年,为了训练她的独立性,我和日胜在大学的假期里,不让她回家,我们要她自行策划背包旅行,也希望她在英国试试兼职打工的滋味儿。活泼外向的女儿，在家里十指不沾阳春水，然而，来到人生地不熟的英国，却选择当女侍来体验生活。

第一天上工，便闯祸了。

她被分配到厨房去清洗酒杯，那些透亮细致的高脚玻璃杯，一只只薄如蝉翼。女儿战战兢兢，好不容易将那一大堆的酒杯洗干净了，正松了一口气时，没有想到身子一歪，一个趔趄，杯子应声倒地，"哐啷、哐啷；哐啷、哐啷"连续不断的一串串清脆响声过后，酒杯全化成了地上闪闪烁烁的玻璃碎片。

"妈妈，那一刻，我真有堕入地狱的感觉。"女儿的声音，还残存着些许惊悸："可是，您知道领班有什么反应吗？她不慌不忙地走了过来，搂住了我，说：亲爱的，你没事吧？接着，又转过头去吩咐其他员工：赶快把碎片打扫干净吧！对我，她连一字半句责备的话都没有！"

又有一次，女儿在倒酒时，不小心把鲜红的葡萄酒倒在顾客乳白色的衣裙上，原以为她会大发雷霆，没想到她反而来安慰女儿，说："没关系，酒渍嘛，不难洗。"说着，站起来，轻轻拍拍她的肩膀，便静悄悄地走进了洗手间，不张扬，更不叫嚣，把眼前这只惊弓之鸟安抚成梁上的小燕子。

女儿的声音，充满了感情："妈妈，既然别人能原谅我的过失，您就把其他犯错的人当成是您的女儿，原谅她们吧！"此刻，在异乡异国的夜里，我眼眶全湿。

 做人做事锦囊

原谅是一种美德。当别人犯了错误或者伤害了你的时候，试着把对方当成自己，想想自己希望别人怎么对待我们呢？对别人宽容一些，给别人也给自己一个机会。原谅别人就是在你犯错误时让别人也原谅你。

采露

后退两步的人生　◎俞 彪

> 许多时候,我们需要后退两步才能看清真相,才能海阔天空。

白天上班的时候,和同事为了一件工作上的事情争论得不可开交,最后两人闹得很不愉快。晚上回到家里,我还在生她的气。

吃过晚饭,我照例打开电脑进入我的电子邮箱,看到同事给我发过来一封信。我有些奇怪,白天才和她闹翻了,她晚上给我发邮件干什么?况且有什么事情,不能在办公室说呢?但我还是决定打开邮件,想看看她在信里说些什么。

随着我鼠标的点击,只听见"砰"的一声响,电脑屏幕上出现了一堆什么也看不清的乱码和马赛克,乱码上面还有一些大红的色彩。除了这些,别的什么也没有了。

看到屏幕上的这副景象,我是又惊又气。惊的是担心这是一封病毒邮件,我的电脑将可能遭到彻底毁坏;气得是她竟然这么"卑鄙",用这种手段来报复我。

我当即拿起电话,准备痛骂她一番。既然她这么不顾同事之间的情谊,我对她又有什么客气可言呢。

就在我准备拨电话号码的时候,我看见刚才还是什么文字都没有的电脑屏幕,这时在右下角,却跳出一行字来:"请后退两步,再看这封邮件。"

于是我后退了两步,再抬眼朝屏幕看去,发现了一个奇怪的现象:刚才我靠近电脑看到的那些乱码和马赛克,由于后退了两步,已经变成了清晰的"抱歉"两个字;刚才看到的那些大红的色彩,现在看去,原来是一个心的图案。我终于明白了同事这封邮件的含义:她是在用心向我道歉!

原来许多时候,我们需要后退两步才能看清真相,才能海阔天空。

做人做事锦囊

也许有不少人听过这样一句话:世上最宽阔的是海洋,比海洋宽阔的是天空,比天空更宽阔的是人的胸怀。一件小事,与其为了它去吵架不如忍耐一下。也许,坐下来,冷静地分析一下事情的来龙去脉,倒比瞪着眼,争吵来得实际。只要能用真诚炽热的心去对待别人,我们就会学会了珍惜友谊。

> 赵航

我 的 导 师　◎尹玉生/译

> 每一个人都是一条独特的河流,每一条河流都有值得跋涉的地方。

当杰出而博学的哈桑大师生命垂危的时候,有人问他:"哈桑大师,您如此博学,请问您跟随哪位伟大的导师学习呢?"

哈桑大师回答:"我有很多的导师,即使我简单地列一下他们的名字,也需要很长时间,我就举出其中的三位吧。"

我的第一位导师是一个贼。有一次,我在沙漠中迷路了。当我终于找到一个村庄的时候,天色已经太晚了,家家户户都门窗紧闭。

正当我不知如何是好的时候,我看到一间破烂的房子,里面有一个人。我问他:"我能待在这里吗?"他回答:"深更半夜的,如果你愿意和一个贼待在一起的话,那你就和我待在一起好了。"

这个贼长得挺英俊的。我后来得知,因为过度穷困,他被迫走上了偷窃的道路。我在他那间遮不住风雨的破房子里,一待就是一个月。每天晚上,他都会对我:"我要出去工作了,你休息吧。"当他回来时,我问他:"今晚有收获吗?"他总是说:"今晚没有。但是,按照上帝的意愿,明天就会好起来。"他从来都不会绝望悲观,总是快快乐乐的。在后来的很多日子里我总是想到这个贼。很多次,当我绝望无助的时候,那个贼的影子会突然跳进我的脑海里,他常说的那句话,就会清晰地浮现在我的脑中:"按照上帝的意愿,明天就会好起来。"

我的第二位导师是一条狗。我因饥渴来到一条河边,这时,又来了一条狗。它也渴得厉害,它向河里望了望,却看到了另外一条狗——它的影子。狗很害怕,叫了两声,转身逃走了。但是,极度的渴使它又跑了回来。最后,尽管内心恐惧,狗还是跳进了河里,河中的影子也马上消失了。这条狗让我明白,为了实现自己的目标,即使是一条狗,也能鼓足自己的勇气。

我的第三个导师是一个小男孩。一天晚上,我在城里,碰到一个小男孩。他手里拿着一支点燃的蜡烛,正准备到寺庙去,把蜡烛放在那里。"打扰一下,"我对小男孩说,"是你自己点亮这支蜡烛的吗?"他回答道:"是的,先生。"我又问道:"这蜡烛有亮的时候,也有不亮的时候,你能告诉我,这光来自哪里吗?"

小男孩笑了笑,"噗"的一口气吹灭了蜡烛,问道:"你亲眼看到这束光刚刚离去,你能告诉我它去哪里了吗?"

我的自负一下子消失得无影无踪。从那时候起,我再也不自作聪明、自以为博学了。

　　事实上,我没有导师。我没有导师是因为我有千千万万个导师,我从每一个可能的地方学习,并且一直都在培养和增强学习的能力。有一句话,我希望你能记住:每一个人都是一条独特的河流,每一条河流都有值得跋涉的地方。如果你够用心,总有一天,所有的海洋都会属于你。

做人做事锦囊

　　每个人的身上都有闪光点,每个人都值得我们去学习。其实,人生的经验不一定都写在书本上,生活中的点滴小事也可能影响人的一生。本文讲述了三则故事,每则故事都有一个哲理,只要我们用心去发现,用心去聆听,就会有所感悟、有所收获。

▼王蕴

一句话的分量　◎张磊磊

> 对于一个信心不足又努力追求梦想的年轻人来说,还有什么比一句肯定和鼓励的话更重要呢?

　　一位表演系的男生刚上大一的时候,内心非常脆弱。有一次,他认为做得比较好的一份作业没有得到老师的认可,一整天情绪都很低落。傍晚他郁闷地躺在宿舍里,突然听见楼下有人叫他,下楼一看竟是自己的老师。原来,这位老师下班后骑自行车回家,走了一半,又想起今天这个学生情绪不好,应该嘱咐他一句,于是他特意折回来对这个学生说:"作业的问题并不重要,重要的是,我不希望

你因为一点儿挫折而影响了创作的激情！"男生心底里的那份柔弱被聪明的老师觉察到了,并适当地给予了安慰和鼓励,这个男生被深深地感动了,那一刻,他心里重新燃起了对表演的热情！

老师的那句话对一个信心动摇、茫然无助的学生来说是多么及时,多么重要！没有这句话,他也许会不断否定自己,从此消沉下去,也许今生都会与表演绝缘。那句话,像一场及时雨,滋润了一个年轻人的心田,给了即将折损的幼苗一个继续成长的动力！

您看过《结婚十年》和《乔家大院》吗？这个学生就是"成长"及"乔致庸"的扮演者陈建斌！

1994 年,陈建斌大学毕业后返回了新疆,第二年,他抱着试一试的心态从新疆坐火车来到北京参加 1 月份的研究生考试。凑巧的是,陈建斌上本科时的老师恰巧也是姜文的老师。因此,姜文看过他演的话剧。来北京的第一天,姜文就请他吃饭。当时姜文刚拍完《阳光灿烂的日子》,名气正旺,而陈建斌只是新疆话剧团一位来北京考学的演员而已。在这次饭桌上,姜文随口说出的一句话却重重地砸在了他的心灵深处:"你挺棒的,别放弃！"

对于一个信心不足又努力追求梦想的年轻人来说,还有什么比一句肯定和鼓励的话更重要呢？

也许对姜文来说,一顿饭、一句话,再简单不过。但他或许没有想到,这句话对一个当时还默默无闻的地方演员来说却有千钧重！那一刻,他点燃了一个年轻人蓄势待发的表演激情,使他的人生目标变得更加敞亮。一句话,给一颗飘摇的心安上了一个厚实的底座,让黑暗中的航船看到了远处明亮的灯塔。

也许我们没有能力捐出巨款做一位慈善家,也许我们也没有广博的知识传授给那些贫困地区的孩子们,但是,我们每一个人都可以轻松地做一件事,那就是对正处于困境中的人真诚地说一句肯定和鼓励的话。一句话,可以使他们的心灵变得富有!而这对于我们来说,不过启齿之劳。

 做人做事锦囊

> 　　我们或许都经历过失意、沮丧和落寞,为自己的努力付出得不到回报,为自己的真心诚意遭受误解,也为自己的良苦用心不被理解。这时,无论是我们平时敬重的人,还是身边默默无闻的人,一个鼓励的眼神,一句积极的肯定,都是冬日里的艳阳,能带给我们温暖和向上的勇气。

 高洁

欣赏使人变美　◎吉利豪情

> 　　连小偷都能在欣赏的引导下走上正路,我们周围还有什么人不能被欣赏、不能被引导呢?

　　19世纪末,美国西部的密苏里有一个坏孩子,他偷偷地向邻居家的窗户扔石头,还把死兔子装进桶里放到学校的火炉里烧烤,弄得臭气熏天。他9岁那年,父亲娶了继母,父亲告诉她要好好注意这孩子。继母好奇地走近这个孩子。当她对孩子有了了解之后说:"你错了,他不坏,而且很聪明,只是他的聪明还没有得到发挥。"继母很欣赏这个孩子,在她的引导下,孩子的聪明找到了发挥的地方,后来成了美国著名的企业家和思想家。这个人就是戴尔·卡内基。

　　台湾作家林清玄去一家羊肉馆用餐,老板对他说:"你还记得我吗?"林清玄说:"记不起来了。"老板拿来一张二十年前的旧报纸,

那里有林清玄的一篇文章,那时他在一家报社当记者。这是一篇关于小偷的报道,小偷手法高超,作案上千次,次次得手,最后栽在一个反扒高手的手上。文章感叹道:"像心思如此缜密,手法如此灵巧的小偷,做任何一件事情都会有成就的吧!"老板告诉他:"我就是那个小偷,是你的这段话引导我走上了正路。"

连小偷都能在欣赏的引导下走上正路,我们周围还有什么人不能被欣赏、不能被引导呢?

学会欣赏别人吧!欣赏你的同事,你和同事之间会合作得更加亲密;欣赏你的下属,下属会工作得更加努力;欣赏你的爱人,你们的爱情会更加甜蜜;欣赏你的孩子,说不准他就是下一个卡内基……

做人做事锦囊

我们与人交往时,以欣赏的眼光看待别人的优点,以缩小再缩小的比例衡量别人的缺点,不仅会使交往顺畅又悦心,还能使自身和别人的缺点在无形中隐没,最后消失。因为人人都渴望得到别人的欣赏和鼓励,它是促使人积极向上的强大力量。

高洁

可能我提到了上帝　●黄永玉

即便在盛怒下,善意的字眼也能具有消泯矛盾的功效。

前几年我在意大利遇上了一个我的学生,聊天时,他给我讲起在翡冷翠的一段趣事。这位学生十分向往意大利,满脑子的崇敬思潮。他一个博物馆一个博物馆地朝拜，最后来到"老宫"旁边的"乌菲奇"博物馆门前。"太神圣了！"他说，于是他用所有的可怜的旅费买下了大大小小的纪念品和明信片。

4个钟头后，观赏尽世界珍品，他冷静了下来，坐在走廊的长椅上，后悔买了无用的纪念品。出门之后，他走向卖纪念品的意大利胖子，打着手势夹杂着生硬的英语、法语，希望能退还这些纪念品而把原来的钱取回来。意大利胖子懂了他的意思，慷慨而狡猾地退回他五分之一的钱。

一番言语不通的争吵招来一大圈围观者，意大利胖子编造出鄙薄我这位学生的理由，引来大家十分动容的同情。

我的学生百口莫辩，只好走为上策，临别赠言是七八句纯粹的国骂，最后还加上一句英语："祝你永远这般生意兴隆，上帝保佑你！"然后满脸通红地扬长而去。

走了不到50米，那个意大利胖子追了上来，我的学生连忙脱下背包，准备打架。但那个胖子气喘如牛地走到跟前，双手退回了他的钱；温柔地和他说话，紧紧地握手和拥抱，微笑，然后走回到摊子那边去了……

我的学生向我解释这突然变化的原因，说："可能我当时提到了上帝……"

即便在盛怒下，善意的字眼也能具有消泯矛盾的功效。

 做人做事锦囊

　　无论我们有多愤怒，在表达愤怒的过程中千万记得要嘴下留德。也许说几句不合适的话没有什么大的问题，就像文中的那位学生，但是如果他没有提到上帝，就不可能得到胖子的理解。不留意，我们会祸从口出，相对地，留意了，我们也能福从口出。

王蕴

别太把自己当回事 ◎尹玉生

不把自己看得太重,就不会失重;不把自己看得太高,就不会失落。

布思·塔金顿是 20 世纪美国著名的小说家和剧作家,他的作品《伟大的安伯森斯》和《爱丽丝·亚当斯》均获得普利策奖。在塔金顿声名最鼎盛时期,他在多种场合都讲述过这样一个故事:

那是在一个红十字会举办的艺术家作品展览会上,我作为特邀的贵宾参加了展览会。期间,有两个可爱的十六七岁小女孩来到我面前,虔诚地向我索要签名。

"我没带自来水笔,用铅笔可以吗?"我其实知道她们不会拒绝,我只是想表现一下一个著名作家谦和地对待普通读者的大家风范。

"当然可以。"小女孩们果然爽快地答应了,我看得出她们很兴奋,当然她们的兴奋也使我备感欣慰。

一个女孩将她非常精致的笔记本递给我,我取出铅笔,潇洒自如地写上了几句鼓励的话语,并签上我的名字。女孩看过我的签名后,眉头皱了起来,她仔细看了看我,问道:"你不是罗伯特·查波斯啊?"

"不是,"我非常自负地告诉她,"我是布思·塔金顿,《爱丽丝·亚当斯》的作者,两次普利策奖获得者。"

小女孩将头转向另外一个女孩,耸耸肩说道:"玛丽,把你的橡

皮借我用用。"

那一刻,我所有的自负和骄傲瞬间化为泡影。从此以后,我都时时刻刻告诫自己:无论自己多么出色,都别太把自己当回事。

做人做事锦囊

王蕴

一些小有成就的人往往觉得自己了不起,处处盛气凌人。其实,与其这样,还不如别把自己看低一些。看低自己是一种风度,一种境界。看低自己并不是无端地贬低,而是对自我的正确把握和准确定位。请记住:不把自己看得太重,就不会失重;不把自己看得太高,就不会失落。

花朵静悄悄地开放
◎纪广洋

法师以一种特殊的口吻说:"老衲还以为花开的时候得吵闹着炫耀一番呢。"

寺院里接纳了一个年方 16 岁的流浪儿,这个流浪儿头脑非常灵活,给人一种脚勤嘴快的感觉。灰头土脸的流浪儿在寺里剃发沐浴之后,就变成了干净利落的小沙弥。

法师一边关照他的生活起居,一边苦口婆心、因势利导地教他为僧做人的一些基本常识。看他接受和领会问题比较快,又开始引导他习字念书、诵读经文。也就在这个时候,法师发现了小沙弥的致命弱点——心浮气躁、喜欢张扬、骄傲自满。例如,他刚学会几个字,就拿着毛笔满院子写、满院子画;再如,他一旦领悟了某个禅理,就一遍遍地向法师和其他僧侣们炫耀;更可笑的是,当法师为了鼓励他,刚刚夸奖他几句,他马上就在众僧面前显摆,甚至不把任何人放在眼里,大有唯我独尊、不可一世之势。

为了改变和遏制他的不良行为和作风,法师想了一个用来启发、点化他的非常美丽的教案——这一天,法师把一盆含苞待放的夜来香送给这个小沙弥,让他在值更的时候,注意观察一下花卉的生长状况。

第二天一早,还没等法师找他,他就欣喜若狂地抱着那盆花一路招摇地主动找上门来,当着众僧的面大声对法师说:"您送给我的这盆花太奇妙了!它晚上开放,清香四溢,美不胜收。可是,一到早晨,它又收敛了它的香花芳蕊……"

法师就用一种特别温和的语气问小沙弥:"它晚上开花的时候,吵你了吗?"

"没有,"小沙弥高高兴兴地说,"它的开放和闭合都是静悄悄的,哪能吵我呢。"

"哦,原来是这样啊,"法师以一种特殊的口吻说,"老衲还以为花开的时候得吵闹着炫耀一番呢。"

小沙弥愣怔一阵之后,脸刷地一下就红了,诺诺地对法师说:"弟子领教了,弟子一定痛改前非!"

山深愈幽,水深愈静。真正有学问有道行的人、真正成功和芬芳的人生,不见得要张扬和炫耀。

做人做事锦囊

谦虚使人进步,骄傲使人落后。这是再简单不过的道理,然而,我们却往往忽略了这一点。在生活中,有一部分人总是喜欢过度自我表现、自我张扬,结果往往会得意忘形,渐渐落在别人后面。让我们做一株努力开花而不大声炫耀的夜来香吧。

王蕴

光芒不会影响光芒

▶ 黄小平

> 这两根发光的蜡烛,就好像两个优秀的人,它们在一起,只会相互辉映,更加生辉。

读中学时,我和我的同桌学习成绩都特别优秀,每次考试,不是他考第一,就是我考第一。可我们在心里却暗暗地较着劲,互不服气,好像一对冤家,见了面也互不说话,互不打招呼。

父亲知道这件事后,一天晚上,他把我叫到跟前,关了房里的电灯,然后点亮了一根蜡烛,说:"这根发光的蜡烛,暂且把它比作一个优秀的人。"

接着,父亲又点亮了另一根蜡烛,问:"你看,现在房里是更暗了,还是更亮了呢?"

"当然是更亮了。"我说。

"这两根发光的蜡烛,就好像两个优秀的人,它们在一起,只会相互辉映,更加生辉。"父亲摸了摸我的脑袋,"孩子,记住,光芒不会影响光芒。"

在以后的人生路上,每当我遇到竞争对手时,我总会在心里叮嘱自己:光芒不会影响光芒。

做人做事锦囊

▶ 采露

人生总要面对各种竞争。竞争不一定意味着对立,参与竞争的各方可以互相学习、取长补短,就像被点亮的两根蜡烛,光芒会照得更远,面积更大。与竞争的人做朋友,或与朋友竞争,会让彼此得到更快更大的提高

别让嫉妒毁了你 ◎沈岳明/译

如果让嫉妒占据了整个心胸，人生中便少了快乐，多了郁闷，甚至会伤人伤己。

一连几天，我的心情都不是很好。情绪烦躁，吃不香睡不好，不佳的心理状况直接导致我的健康每况愈下。我心里很清楚，我原本是很健康的，自从克里奇搬来和我成为邻居后，我就变成了现在这个样子。

克里奇和我开着一样的凯特汽车，没想到前不久他竟然买了一辆新的劳斯莱斯，那可是我梦寐以求的汽车啊！我知道自己的经济能力还没达到享受劳斯莱斯汽车的程度，但每天看着邻居神气的样子，我的心里实在不好受。

我的朋友莱克斯劝告我，养一只小狗吧，这样也许会让我慢慢好起来。莱克斯给我送来了一只小狗，小狗很可爱，名叫汤姆。我给汤姆买了很多好吃的香肠。刚开始的时候，汤姆还吃些香肠，自从见到了克里奇，它便再也不肯吃我买的东西了。

汤姆总是用爪子去敲克里奇的门，有一次克里奇给了它一根香肠，很快便被汤姆吃得精光。从此，汤姆几乎每天都会去克里奇家要一些食物来吃。这样过了一段时间后，克里奇只得摊开双手，表示他家里已经没有好吃的东西了。可是汤姆并不甘心，依然不停地用爪子去敲克里奇的门。于是克里奇只好拿出一些吃剩的冷面包。

令我吃惊的是,连我给的香肠都不肯吃的汤姆,竟然会吃邻居克里奇给的冷面包!

莫非汤姆吃腻了好东西,喜欢上了冷面包?可是当我给汤姆冷面包的时候,它却连看都不看一眼!我实在没办法了,只好带着它敲开了克里奇的家门。我说:"克里奇先生,这只狗好像跟你很有缘,不如你就收养了它吧。"克里奇有些惊喜地问:"你是说,将汤姆送给我?"我说:"是的,因为它现在不吃我的东西,它只吃你的东西。"尽管我的心里很不愿意,但还是将汤姆送给了克里奇,克里奇高兴地收养了汤姆。

还没过几天,汤姆便用爪子来敲我的门。我给了它一根香肠,它很快便吃了个精光。当汤姆吃完了我买的所有香肠和狗粮后,我再也不想给它买任何吃的东西了。因为它已经不属于我,而属于我的邻居克里奇。

那天当我开车去上班的时候,我看到克里奇在后面追了上来。克里奇焦急地问:"您家里还有香肠吗?"我摇了摇头。克里奇接着问:"狗粮也没有吗?"我又摇了摇头。"那么,"克里奇再次问,"您家里难道连吃剩下的冷面包也没有吗?"

后来,汤姆还是被我的朋友莱克斯带走了。莱克斯告诉我,这是科学家最新试验出来的一种狗,因为给它加入了人类的嫉妒因子,所以它总是这山望着那山高,总以为别人的东西都是好的。朋友莱克斯送给我那只狗的用意实在很明显,也很让我汗颜。

我和邻居克里奇恍然大悟。我当即向克里奇道歉说:"对不起,我不应该嫉妒你的劳斯莱斯汽车。"令我意外的是,克里奇居然也向我道歉:"应该说对不起的是我,哈里先生。我嫉妒你家的房子比我的漂亮,所以我将自己原来的汽车外加一个后花园卖了,才买来一辆劳斯莱斯汽车,想让自己的心理得到一点平衡。"

俗话说,妒火烧身。如果让嫉妒占据了整个心胸,人生中便少了快乐,多了郁闷,甚至会伤人伤己。所以,如果想成功地驾驭人生这只在大海里飘荡的帆船,豁达的处世态度是非常重要的。

做人做事锦囊

一个人有多快乐,不是因为他拥有得多,而是因为计较得少,也就是故事中所说的豁达的处世态度。"如果让嫉妒占据了整个心胸,人生中便少了快乐,多了郁闷,甚至会伤人伤己。"

赵航

重拾自尊 ◎罗 西

一个人可以穷,但不能因穷而失魂落魄,甚至放弃自尊和修养。

那是一段不堪回首的岁月,当时,我在厦门打工,严格地说,是在流浪。因为一直没找到工作,常常露宿街头,常常向朋友借10元到50元不等的钱用于吃饭,常常半个月不洗一次澡……失落、无望、沮丧等坏情绪,把自己破坏得很难看、很无所谓,仿佛一个"臭打工的"就该如此低贱,如此不要颜面。

没有钱,还能企望什么高贵?我常常这么安慰自己,继续自暴自弃。

一天晚上,很冷,孤独的我拿着刚从一个小学同学的高中同学那里艰难借来的50元人民币,走进一家快餐厅里。食客很多,大家都在排队,他们打扮光鲜。我例外,很脏。走到哪里,大家都主动给我让道,我明白,这是一种更冷酷的排斥。

也好,我就不排队!直接上前,把一个排在第二位的小孩挤到我屁股后面去。那种"报仇雪恨"的感觉很痛快。

后面没有人反对,只有那小孩在抗议:"请你到后面排队!"

我很得意地摸着他的头说:"不要排,因为我戴红领巾时已排过了!"

小孩迟疑了片刻,又问:"大哥哥,你读小学时有没有穿衣服?"对于这个天真的问题,我随口应道:"废话,当然穿啦!"

"那你现在为什么还要穿呢?"那个小学生目光清纯却又咄咄逼人地投向我,我没有说什么话,心中一惊,转身乖乖地往后走去。当然,脸上带着一丝强装的微笑。

的确,富人、穷人、大人、小孩都要用衣服遮羞,因为谁都有尊严。那个陌生的小孩刺激了我蒙尘的心灵,让我重拾自尊。一个人可以穷,但不能因穷而失魂落魄,甚至放弃自尊和修养。

多年过去了,我心里一直在感激那个小孩,他是我人生旅途中一位真正的"贵人",在我最贫贱的时候,他告诉我一个大道理:每个人都是平等的,而一个有尊严的人,就是一个优雅有礼的人,因为他心灵高贵,不卑不亢。

做人做事锦囊

　　每个人在人生的旅途中都会经历高潮和低谷。失意、失败、贫穷都不是我们的过错,反倒是我们的一笔人生财富,我们不应因贫穷而放弃做人最起码又最高贵的修养和尊严。

采露

人人都渴望得到别人的欣赏和鼓励，它是促使人积极向上的强大力量。

第 **5** 辑

没有一种给予是理所应当的

　　没有一种领受是可以无动于衷、心安理得的，都应心存感激。一朵花会为一滴雨露鲜艳妩媚，一株草会因一缕春风摇曳多姿，一湖水也会因一片落叶荡漾清波，一颗心更应对另一颗关爱的心充满感激之情。

请为你的傲慢埋单　◎蒋诗经

千万不要轻易摆出傲慢的姿态，否则你会付出惨痛的代价。

　　2007 年 9 月 5 日，在北京海淀区远大路某银行，一名顾客将 99 元钱分 99 次存入银行卡中，前后耗时达 3 小时，引起后面排队者的不满。而此时，银行里的工作人员却对此熟视无睹。

　　最后，引来媒体关注，银行值班经理才出面调停。

　　该顾客再三声称自己不是无理取闹，也知道自己的行为不文明，不道德，但银行内部工作人员的傲慢和冷淡着实让人恼火。该顾客几次电话投诉均无下文，后又遇银行值班经理，再次遭到不予理睬的态度，所以一怒之下，出此下策。

　　媒体介入后，银行经理对该顾客赔礼道歉，真相大白的人们纷纷指责银行部门的失职。因为工作人员对顾客的傲慢和不屑，使此银行的商业形象大打折扣。且不论工作人员因自己傲慢的态度会受到什么惩罚，就银行自身来说，舆论的讨伐对其后期大规模的经营运作都带来了负面影响，这是一种无形的损失。

　　无独有偶，最近又看到了一个经典的小故事，让我再一次领悟，为人处世，无端的傲慢切不可要。

　　一对衣着朴素的老夫妇，在没有事先约好的情况下，就直接去拜访当时哈佛的校长。校长的秘书在片刻间就断定这两个乡下老人根本不可能与哈佛有业务来往。先生轻声地说："我们要见校长。"秘书很不礼貌地说："他整天都很忙。"女士回答说："没关系，我们可以等。"过了几个钟头，秘书一直不理他们，希望他们知难而退，但他们一直等在那里。秘书终于决定通知校长："也许他们跟您讲几句话就会走开。"

校长不耐烦地同意了，校长很有尊严而且心不甘情不愿地面对这对夫妇。女士告诉他："我们有一个儿子曾经在哈佛读过一年书，他很喜欢哈佛，他在哈佛生活得很快乐。但是去年，他意外死亡。我丈夫和我想在校园里为他立一纪念物。"

校长并没有被感动，反而觉得可笑，他粗声地说："夫人，我们不能为每一位曾读过哈佛而死亡的人建立雕像。如果我们这样做，我们的校园看起来会像墓园一样。"

女士很快地说："不是，我们不是要竖立一座雕像，我们想要捐一栋大楼给哈佛。"

校长仔细地看了一下这对夫妇简朴的衣着，然后吐一口气说："你们知道建一栋大楼要花多少钱吗？我们学校的建筑物超过750万美元。"这时，这位女士沉默了。校长很高兴，总算可以把他们打发了。只见这位女士转向她丈夫说："只要750万就可以建一座大楼？那我们为什么不建一座大学来纪念我们的儿子？"她的丈夫点头同意。

就这样，斯坦福先生和夫人离开了哈佛，来到了加州，成立了斯坦福大学来纪念他们的儿子。

故事结束没有再提到哈佛校长，但是不难想象，他在得知事情真相后是如何尴尬与羞愧。他不是一个称职的好校长，因为他的傲慢让哈佛失去了一个发展壮大的好机会，这是一个巨大的损失。

从以上两件事中不难看出，银行的值班经理、银行的工作人员、哈佛校长和校长秘书都为自身的傲慢付出了沉重的代价。也许他们自身的利益并没有因为事件本身受到太大的牵连,但是作为一个领导,作为一个职员,如果置团队利益而不顾,那么他们今后事业的发展又从何谈起呢?

所以,请在你不屑于对待某人或某事的时候,仔细地想一想再做决定,千万不要轻易摆出傲慢的姿态,因为你可能在今后的日子里会为自己一时的无知而付出代价,你可能要用金钱、机遇甚至良心为你曾经的傲慢埋单。

做人做事锦囊

傲慢与谦虚是为人处世的两种不同态度。傲慢让人感到对方居高临下、盛气凌人;谦虚让人觉得对方平易近人、温文尔雅。生活中,很少有人会在心里喜欢那些耍派头的人,所以傲慢之人往往被拒在千里之外。傲慢,或许可以做事,但谦虚才能做人。因此,千万不要轻易摆出傲慢的姿态,否则你会付出惨痛的代价。

王蕴

修养重于学识 〉崔鹤同

拥有良好的品行有时比拥有的智慧更容易获得别人的赏识和尊重。

耶鲁大学在每届学生快要毕业时,校方都会安排一些学生到一个很有名的实验室去参观。

有一次,由一个导师带领20多个快要毕业的学生来到了这个实验室,负责接待他们的是一个女秘书。女秘书先把他们安排到一个会议室,然后,开始给大家倒开水,大多数同学表情都很麻木,有的同学还用很生硬的语气说:"有咖啡吗? 我要喝咖啡。""非常抱歉,咖啡用完了。"女秘书很有礼貌地回答。

女秘书继续给大家倒开水,当轮到一个叫卡尔的学生时,卡尔面带微笑地说了声:"谢谢!"这位女秘书非常惊奇,这可是她今天听到的第一句很有礼貌的话。

女秘书给大家倒完水就出去了。过了一会儿,实验室主任走了进来,非常热情地向各位打招呼。然而令人尴尬的是,大多数同学只是无精打采地把屁股在座位上挪了一下,并没有任何回应。当主任走到卡尔面前时,卡尔立即从座位上站起来,非常友好地伸出手,并热情地握住了主任的手,面带微笑地说:"非常高兴见到您,谢谢您的热情接待。"

实验室主任非常吃惊,脸色一下子舒展开了。主任拍了拍卡尔的肩膀,问道:"你叫什么名字?"卡尔如实地回答。

两个月后,那家很有名的实验室点名要走了卡尔。其他同学很不服气,理由是卡尔的学习成绩在班里顶多排在中等,为什么那些学习成绩优秀的学生没有这个好机会,而对方偏偏选中了卡尔呢?

导师看出了同学们的心事,语重心长地说:"卡尔的学习成绩的确不是很优秀,但是,我希望大家明白,学习成绩只能代表我们掌握了某些知识,走上社会后,我们的学习才刚刚开始,对方点名要卡尔,就是因为他的为人修养略胜一筹。"

当年,苏联准备发射第一艘载人航天器,组织了一批宇航员参观宇宙飞船。当时,其他宇航员都是穿着鞋子走进座舱,只有宇航员加加林脱掉了鞋子,穿着袜子小心翼翼地进入飞船。最终,加加林被选中,成为飞天第一人,铸就了一世英名。

素养和品格确实是最好的通行证。

请信守你的谎言　　张　翔

　　原来在这个外国老总的心中,谎言也可以是一种策略,甚至可以是一种承诺。

　　朋友开办电子厂的时候,资金和规模都非常有限,因此业务一直都没有大的进展。在一次贸易洽谈会上,朋友意外地接触到一家外国大型汽车配件公司,对方正急着要一大批新型车载电机调速设备。这是一笔非常大的业务,如果能拿下这笔订单,将会获得巨大的利润回报。

　　虽然这是一个非常好的机遇,但朋友清楚地知道,自己的电子厂很难承接这样一笔业务。对方却有很大的诚意,愿意提供30%的货款做定金,而且还适当推迟了最后的交货时间。

　　朋友反复考虑后,决定破釜沉舟地拼一回。于是,就与对方经理进行了细致的洽谈。

当对方经理问及生产线和生产能力时,朋友泰然自若地告诉对方,自己的电子厂拥有这个产品的最新生产设备和生产线,可以马上投产。对方听完后,欣然签约了。

朋友一签下订单,就开始马不停蹄地运行操作,用定金和贷款出国购买了机器设备,迅速培养了工作人员,夜以继日地投入生产。朋友常常在车间亲自挽袖上阵,与员工们同吃同住,与时间赛跑。

经过8个月的拼搏,朋友按时将产品交付给对方。当对方接收所有产品时,满脸惊讶地问道:"你们是怎么做到的?"

朋友回答说:"我们只是按合同生产而已。"

对方经理意味深长地大笑起来,向朋友竖起了大拇指。

原来,这个汽配公司早就知道国内根本没有公司拥有这种生产线,所以一直没有找到愿意投产的厂家。虽然他们知道朋友的厂子也没有生产线,但是朋友却谎称拥有生产线,说明了他有投产的信心。于是汽配公司就故意装作不清楚,与朋友签下了订单。事实上汽配公司并没有指望朋友能按时交齐订货。但是他们没有想到的是,朋友居然克服了巨大的困难,按时完成了任务。

朋友听后目瞪口呆,他问道:"我撒了这么大的一个谎,您难道不为我的谎言而生气吗?"

对方经理举起一份合同说:"我手上有合同,没有什么可担心的。但是我签下合同之前,我已经通过在与您的接触中,了解到您是一个遵守承诺的人。因此,我相信您会信守您的谎言!而且您做得比我想象的更好。"

听完这一席话,朋友恍然大悟。原来在这个外国老总的心中,谎言也可以是一种策略,甚至可以是一种承诺。只要你信守你善意的谎言,你一样可以得到别人的尊重和赞赏!

善意的"谎言"看起来似乎和诚信背道而驰,但实际上是从另一个角度验证了守信的力量是如此强大。一个能信守善意的"谎言"的人更会对其所有的人和事负责,会得到别人更多的尊重和赞赏!

赵航

我们得回到幼儿园 ◎王四四

被人认为可以相信,是你最大的财富,有人忙一辈子也得不到。

1987 年,75 位诺贝尔奖获得者在巴黎聚会。有人问其中一位:您在哪所大学学到您认为最重要的东西?那位老人平静地说:"是在幼儿园。""在幼儿园学到什么?""学到把自己的东西分一半给小伙伴;不是自己的东西不要拿;东西要放整齐;吃饭要洗手;做错事要表示歉意;午饭后要休息;要仔细观察大自然。从根本上说,我学到的最重要的东西就是这些。"

我们现在最重要的,就是幼儿园老师对我们说的一句话:不要说谎,从小就要有信誉。我常对女儿说,迟到了,老老实实说睡过头了,别说闹钟坏了,别说路上堵车。说话太老实,眼前也许是会吃一点亏,但最终会使你受益一生,因为人家相信你。被人认为可以相信,是你最大的财富,有人忙一辈子也得不到,有人捐了 100 万元也没用,所以老爸这句话对你来说值 100 万元呢。

达沃斯世界经济论坛期间，我们这边也搞了一些讨论。在几位企业家绕来绕去热烈地讨论企业的接班人难题时，坐在嘉宾席最边上的一位经济学者冷冷地帮他们挑明："当你要把企业交给他的时候，你不仅要对你的继承人的能力有一个高的评价，而且要对他的道德……就是说，要信任他——而在中国目前的情况下，可信赖的人太少了。"学者话音未落，掌声爆响一片。我真希望众多正在读或将要读 MBA 的人能听到这场讨论，真希望他们明白，现在总裁、首席执行官的位子不少，想坐上去，比一纸文凭重要的，或者说比案例分析能力重要的，是可信与否。借用一个建筑学名词："可靠度"——你可以没有 MBA 文凭，但你必须有足够的"可靠度"。有了它，你才有可能得到你希望得到的一切。

在西方出版的《百万富翁的智慧》一书，对美国 1300 名百万富翁进行了调研。在谈到为什么能成功时，他们几乎没有一个人把成功归于才华。他们说："成功的秘诀在于诚实、有自我约束力、善与人相处、勤奋和贤内助。"好像就是一些幼儿园老师教的东西，而且，诚实摆在第一位。

深圳有一个农村来的没什么文化的妇女。起初给人当保姆，后来在街头摆小摊儿，卖一个胶卷赚 1 角钱。她认死理，一个胶卷永远只赚 1 角，生意越做越大，后来买了不少房产。现在她开一家摄影器材店，还是一个胶卷赚 1 角。市场上柯达卖 23 元，她卖 16 元 1 角，批发量大得惊人，深圳搞摄影的没有不知道她的。外地人的钱包丢在她那儿了，她花了很多长途电话费找到失主。有时候算错账多收了人家的钱，她火烧火燎找到人家还钱。听起来像雷锋，可赚的钱多得不得了。这个半文盲妇女的人生哲学，恐怕也就是幼儿园老师教给我们的那一些简单的东西。她就用那一点点简单的东西，在深圳这块人精成堆的地方，打败了复杂的东西。现在，再神气的摄影商,也得乖乖地去她那儿拿货。

以往我们有时候没说实话、做实事,有意无意骗了别人,伤了别人,也骗了自己,伤了自己。现在,我们只有退回原地,按幼儿园老师教的去做。

做人做事锦囊

从幼儿园起的第一堂课,我们学到的便是:不说谎话,要做诚实的好孩子。慢慢地,随着年龄的增长,知识的增加,我们学会了更多,但这些都是在以诚实为基础建立起来的人生大厦。只有根底牢,才能大厦稳。

●赵航

上帝的奖赏 ◎佚 名

谦让的人,上帝会给予他幸福。愿你永远保持一颗宁静、感恩的心。

经济大萧条时期,一位富有的面包师把城里最穷的20个小孩召唤来,对他们说:"在上帝带来好光景以前,你们每天都可以来拿一块面包。"

每天早晨,这些饥饿的孩子蜂拥而上,围住装面包的篮子你推我攘,因为他们都想拿到最大的一块面包。等他们拿到了面包,顾不上向好心的面包师说声谢谢,就慌忙跑开了。

只有朱丽叶,这位衣着贫寒的小姑娘,既没有同大家一起吵闹,也没有与其他人争抢。她只是谦让地站在一步之外,等其他孩子离去以后,才拿起剩在篮子里最小的一块面包。她从来不会忘记亲吻面包师的手以表示感激,然后才捧着面包高高兴兴地跑回家。

有一天,别的孩子走了之后,羞怯的小朱丽叶得到一条比原来更小的面包。但她依然不忘亲吻面包师,并向他表达真诚的谢意。回家以后,妈妈切开面包,发现里面竟然藏着几枚崭新发亮的金币。

妈妈惊奇地叫道:"朱丽叶,立即把钱送回去,一定是面包师揉面的时候不小心掉进去的。赶快去,把钱亲自交给好心的面包师!"

当小姑娘把金币送回去的时候,面包师说:"不,我的孩子,这没有错,是我特意把它们放进去的。我要告诉你一个道理:谦让的人,上帝会给予他幸福。愿你永远保持一颗宁静、感恩的心。回家去吧,告诉你妈妈,这些钱是上帝的奖赏。"

做人做事锦囊

    "面包里的金币"这个秘密,也许永远也不会被那些争抢面包的孩子知道,因为没有感恩之心的人,是不会知道上帝待在哪儿的。但是我们知道了,我们知道上帝从来都是喜欢照顾那些拥有感恩之心的人,让我们怀着感恩的心态去对待身边的人和事吧!

◇常锋

轻轻关门　◎杨晓丹

    那天我们接待了约 50 个应聘者,你是唯一一个向我们鞠躬,并且关门关得那么有礼貌的人!

大学毕业那年,就业形势相当严峻,参加了好几次招聘会,可人家一听说我们是没有工作经验的应届毕业生,就摇头拒绝。一来二去,大家不得不降低要求,以前是非福利好、待遇高的大企业不去,现在是只要需要我们,我们就硬着头皮往里闯。

我的运气属于最差的那类。第一次,有家电器公司通知我去面试文秘,说好了时间是上午9点,但我因为出门前打扮得太久,耽误了时间,加上塞车,结果整整迟到了1个小时。工作人员扬着手上一堆报名表对我说:"小姐,你不适合做文秘,适合做老总。"

第二次,我吸取教训,没怎么打扮就提早出了门,可是那家礼仪公司的工作人员依然摇着头对我说:"注重仪表是对别人的尊重,你在学校没有学过吗?"

总而言之,那段时间仿佛就像一场噩梦,谁叫就业行情供过于求呢?大家虽然牢骚满腹,但工作还是得继续找!

那天又应聘失败,垂头丧气地走在回学校的路上,忽然看到一家银行门口贴着招聘广告。银行工作稳定,福利好,而且特别适合女孩子,我想反正不用交报名费,就试试吧!

好不容易填完了表,一看报名队伍,我的天!简直比当年考大学过独木桥还难!

同学们知道我去参加了银行的应聘,都笑话我:"不要做梦了,银行招聘都是做幌子的,人家的关系户把门槛都快踏破了,还会要你吗?"

可3天以后,我还真接到了银行通知我面试的通知。同学们劝我没必要去,还是那句话,说面试不过是走走形式罢了!但我是个不服输的人,还是一意孤行地去了。

参加面试的人很多,可大厦里静悄悄的,银行特有的肃穆气氛让大伙儿大气也不敢喘。每个面试完了的人表情都不太一样,有的喜形于色,有的万分沮丧,面试的那间办公室的门闭得紧紧的,透露出一种神秘的气息。每次有人面试完从那间房门里走出来，随着开门关门"砰砰"作响的声音，大家的心也跟着一紧一紧的。排在我前面的女孩长得很漂亮，据她向我们自我介绍，她参加过选美，还进入了复赛。和她相比，我觉得我就像没有完全长开的小苗儿！

美女进了那间神秘的办公室，下一个就轮到我了。我想我可真够倒霉的，主考官刚看完一个美女，再看我这么个"豆芽菜"，印象分一定打不高！正当我胡思乱想的时候，门"砰"的发出一声巨响，吓了我一跳，大家的视线顿时都落在刚从办公室里走出来（应该说是跳出来）的美女身上！

"主考官对我很满意，我回答问题的时候他们脸上都带着微笑！"她对我说，"希望你也好运——不过提的问题很怪，你不一定能回答得像我那么好！"

我还来不及问她主考官提了什么问题，里面已传来声音："下一个！"我整整衣裳，大着胆子往里走。

很幸运，提的问题对我来说不算刁钻，要我在5分钟内背诵古诗词三首——也许是考记忆力和思维敏捷程度吧。考完后，主考官点点头，面无表情地对我说："你可以走了！"没看到微笑，我想也许是没戏吧！我朝门口走去，正准备开门，又返身出于礼貌地朝他们鞠了一躬："谢谢！"

我轻轻关上了门。从银行银灰色的大厦里走出来，我安慰自己，银行的工作太刻板了，不适合我！可是我还是有些茫然，不知道还有没有勇气去参加下一次应聘。

半个月后，银行方面给我打来电话，我被录取了。

第一天上班的时候，被带去领高级西式制服，碰到了那天面试我的一个主考官。她对我说："我记得你，那天我们接待了约50个应聘者，你是唯一一个向我们鞠躬，并且关门关得那么有礼貌的人！"她的脸上满是和蔼的笑容，"我们是服务行业，不论客户的态度怎么样，我们展示给他们的就该是我们最好的一面！"

这是我的第一次求职成功的经历，虽说是误打误撞的成功，却让我建立了自信，后来我又陆续换了几个工作，并且最终找到了适合自己的位置。

 做人做事锦囊

良好的修养常常丰盈人的内心，而内心的美比起外貌的美，更具有持久的生命力。在我们的一言一行中，如果常常能想到自己这样做是否会给他人带来不便，是否会影响到他人的学习和生活，便可称得上是一个有修养的人了。

王蕴

让你心甘情愿　　◎蒋光宇

管理就是怎样让人心甘情愿的艺术，就是设身处地地了解别人的需要……

有一次，我去参加一个企业管理的进修班，老师给我们讲了一个故事：

有艘轮船在近海触礁，很快便开始下沉。船上来自几个不同国家的商人，他们根本不知道情况的危急，仍在高枕无忧地谈论生意。

船长命令大副说："快去告诉那些商人，立刻穿上救生衣逃命！"

过了好一会，大副跑回来报告说："他们都坚持不往下跳。"

于是船长亲自去了，几分钟后他回来说："他们全都跳下去了。"

大副既佩服又吃惊,问船长用了什么办法。船长说:"很简单,我对英国人说那就像是一种体育运动,于是他跳下去了;我对法国人说那是浪漫的,于是他也跳下去了;我对德国人说那是命令;对意大利人说那不是被基督教禁止的;对苏联人说那是革命行动。"

在讲完了这个故事之后,老师给我们出了一道题目:请你让大家走出教室。

第一位同学说:"我命令你们出去,听到没有!"全班大笑起来,没人响应。

第二位同学说:"各位,我要打扫教室,请大家离开!"响应的人刚刚过半。

轮到我时,我看了看手表,刚好,快到吃饭时间了,我便说:"各位!食堂中午 12 点开饭,现在已经 11 点 55 分了,大家都去吃午饭吧!"不出数秒,全教室 30 多人嘻嘻哈哈都走光了。

我忽然明白了什么是管理,原来,管理就是怎样让人心甘情愿的艺术,就是设身处地地了解别人的需要,考虑别人的利益,以及,如何撩起他们心中真正的渴望。

做人做事锦囊

我们说认识自己容易,了解别人的内心困难。其实,只要站在对方的角度,用心地为对方考虑,就能了解到别人的渴求和需要。

高洁

把握前3分钟　◎马国福

> 有时人生真的很短,不过3分钟的时间;有时一生却很长,仅仅3分钟远远无法度量。

　　有个刚从三流大学播音专业毕业的朋友到一家他心仪已久的著名电视台去面试,出发前他担心自己没有英俊的外貌,没有坚实的关系网,没有很高的学历,没有骄人的成绩而不被看好。为了防止面试被淘汰,他想了一个主意:如果考官问到这些问题就撒谎。

　　面试时,那家电视台的台长问他:"你喜欢看中央电视台的一些名牌栏目吗? 在日常交际中你是否很在意自己的形象和外貌呢? 如果你是一个主持人,你认为形象重要还是能力重要? 请用三分钟时间回答。"

　　台长几乎没有太多地涉及这位朋友事先想好的问题,这大大出乎他的意料。

　　他显得有点儿紧张,心里不停地思考到底怎样回答台长的问题才能使自己胜出。他不自然地整理自己的衣着,一低头才发现由于出门太急他扣错了西装的纽扣,把下面的纽扣扣到了上面的扣眼。他脸红了,有点儿窘迫,慌乱地重新扣纽扣。扣好纽扣后他回答道:"我上学时经常在宿舍看中央电视台的一些名牌栏目。我很注意自己的形象,但我认为能力比形象还重要。"

　　答完台长的问题后他还阐述了自己对播音工作的一些看法及

观点。

他的回答与实际的表现相差太大了,最后他被当场淘汰。台长看了看表,说:"前五分钟我在看你的表现,后两分钟我在给你打分。我打分的前提是你的前五分钟,你的纽扣是第一形象,你的谎言是第二形象,你的能力是第三形象。据我所知你们学校的学生宿舍并没有电视。我在进入电视台的时候也有过和你一样的心理,尽管我经常在电视里露面,外貌也不怎么样,但我现在的压力不是希望观众接受我的容貌。任何一个人和陌生人相处,前3分钟特别重要,以后的事情全靠你自己了。"

尽管那个朋友没能如愿,但是他学到了在3分钟内学不到的东西。

几年后,我的那位朋友成了那家电视台的著名主持人,他主持着一个收视率很高的王牌栏目。

有一次聊天时,他给我说过这样一段话:在与他人交往的过程中,前3分钟很重要,第一分钟我们向陌生人展示形象;第二分钟我们展示诚信;第三分钟我们展示风度。至于3分钟以后的事情才是显示我们能力和陌生人给我们打分是否愿与我们深交或合作的事情。

仔细深思,有时人生真的很短,不过3分钟的时间;有时一生却很长,仅仅3分钟远远无法度量。

做人做事锦囊

在与他人交往的过程里,前面3分钟竟然就决定了我们给别人留下的印象。外貌、诚信、风度,这3者组成了别人眼中的我们。3分钟之后,展现的才是我们的能力和实力。其实,我们的第一印象远在这3分钟之前就留下了,那就是我们的微笑。是的,无论见谁,首先绽放我们来自心底里的微笑,效果更好。

● 王蕴

选择聪明的那一面 ◎佚 名

臣在监狱中，当然是好事。陛下不妨想一想，今天我若不是在牢中，陪陛下出猎的大臣会是谁呢？

一位国王的众多大臣之间，有位大臣特别有智慧，人称智慧大臣，他正是因为自己的智慧而格外受到国王的宠爱与信任。

这位智慧大臣拥有一项与众不同的特长，他凡事能够保持积极的想法。不论遇上什么事，他总是愿意去看事物好的那一面，而拒绝消极观点。也由于智慧大臣这种积极的态度，为国王妥善处理了许多犯难的大事，因而备受国王的敬重，凡事皆要咨询他的意见。

国王热爱打猎，有一次在追捕猎物中意外地受伤，弄断了一节食指。国王剧痛之余，立即召来智慧大臣，征询他对这件意外断指事件的看法。

智慧大臣仍本着他的作风，轻松自在地告诉国王，这应是一件好事，并劝国王向积极方面去想。

国王闻言大怒，以为智慧大臣在嘲讽自己，立时命左右将他拿下，关到监狱里。

待断指伤口痊愈之后，国王也忘了此事，又兴冲冲地忙着四处打猎。却不料祸不单行，竟带队误闯邻国国境，被丛林中埋伏的一群野人活捉了。

依照野人的惯例，必须将活捉的这队人马的首领献祭给他们的神,于是便把国王放到祭坛上。正当祭奠仪式开始时,主持的巫师突然惊呼起来。

原来巫师发现国王断了一截儿食指,而按他们部族的律例,献祭不完整的祭品给天神,是会受天神谴责的。野人连忙将国王解下祭坛,驱逐他离开,抓了一位同行的大臣献祭。

国王狼狈地回到朝中,庆幸大难不死,忽而想到智慧大臣所说的话,断指确是一件好事,便立刻将他由监狱中释放出来,并当面向他道歉。

智慧大臣还是保持他的积极态度,笑着原谅国王,并说这一切都是好事。

国王不服气地问:"说我断指是好事,如今我能接受。但若说因我误会你,而将你关在牢里受苦,难道这也是好事?"

智慧大臣笑着回答:"臣在监狱中,当然是好事。陛下不妨想一想,今天我若不是在牢中,陪陛下出猎的大臣会是谁呢?"

于是,国王不禁感叹道:"是的,每件事情必然有两面,你就是选择了聪明的那一面。"

做人做事锦囊

选择聪明的一面说的其实是选择积极的一面。无论是国王失去一截儿食指还是差点儿被野人族杀掉,聪明的大臣看到的都是积极的一面。断手指让国王死里逃生,自己进监狱从而躲过了劫难,聪明的大臣让所有人都看到事情的积极一面。我们也应该在消极中主动寻找积极,如此,生活里阳光才更多。

高洁

没有一种给予是理所应当的 ◎兰质慧心

土地失去水分滋润会变成沙漠,人心没有感激滋养会变得荒芜。

老人是菲律宾华侨,在海外奋斗半生。几经浮沉,衣锦还乡的他萌生了济世助人、造福梓里的念头。

于是,老人分别给家乡几所学校的校长写了信,希望每个校长能提供十来个学生的名单,以便他从中确定人选,作为资助的对象。家人责怪他的愚昧,既是捐赠,何必把程序搞得这样复杂? 不如来个快捷方式,譬如通过"希望工程"或者"春蕾计划",干净利落地了却一桩心愿,岂不是更好?

老人摇摇头说:"我的血汗钱只给那些配得到它的孩子。"哪些孩子才有资格得到资助? 是那些家庭贫困的孩子还是优秀生,抑或是特长生? 谁也不知道老人心里的答案。

名单很快就到了老人手里。老人让家人买来了许多书,有《泰戈尔诗集》《纪伯伦诗集》《十万个为什么》等,分门别类地包装好,准备寄给名单上的孩子。家人面面相觑:这样微薄的礼物是不是太寒碜了? 大家断定书中自有"黄金屋"。可翻来覆去也没有找到夹在书中的纸钞。只在书的第一页看到了老人的亲笔赠言:赠给品学兼优的学生×××。落款处是老人的住址、姓名、电话和电子信箱。家人大惑不解,却也不愿忤逆老人的意愿,只好替他一一寄出那些书。

光阴荏苒,老人常常对着电话发呆,又莫名其妙地唉声叹气。从黄叶凋零到瑞雪飘飞,谁也猜不透老人所为何事。

家人读懂老人的心,源于新年前收到的一张很普通的贺卡,上面写着:感谢您给我寄来的书,虽然我不认识您,但我会记着您,祝您新年快乐!没想到老人竟然兴奋得大呼小叫:"有回音了,有回音了,终于找到一个可资助的孩子。"

家人恍然大悟,终于明白老人这些日子郁郁寡欢的原因,他寄出去的书原来是块"试金石",只有心存感激的人才会有资格得到他的资助。

老人说:"土地失去水分滋润会变成沙漠,人心没有感激滋养会变得荒芜。不知感恩的人,注定是个冷漠自私的人;不知关爱别人,纵使给他阳光,日后也不会放射出自身的温暖,也不配得到别人的爱。"

想来也是,没有一种给予是理所应当的,没有什么是必须和应该的;所以,没有一种领受是可以无动于衷、心安理得的,都应心存感激。一朵花会为一滴雨露鲜艳妩媚,一株草会因一缕春风摇曳多姿,一湖水也会因一片落叶荡漾清波,一颗心更应对另一颗关爱的心充满感激之情。

做人做事锦囊

我们每天过的正是一种理所应当的生活:父母为我们操劳是应该的,老师辛勤教导是应该的,同学和朋友帮忙是应该的……那哪一种得到是需要我们感激并感恩的呢?我们曾经做出什么感激的回复吗?没有哪种给予是理所应当的,我们得到的一切,即使给予者不求回报,我们也应该在心底默默感激。

常锋

没有一种领受是可以
无动于衷，心安理得的，
都应心存感激。

第 **6** 辑
真正强大的力量

　　生活中的每一件小事都像那些最平凡的沙子一样，不起眼，但是蕴含着金子。人生也一样，在那些微不足道的小事里，却可以历练出一个人的气概和品质。只要我们在最困难或者最绝望的时候，坚守住自己的那份坚强；在别人最困难或者最绝望的时候，能伸出自己宽容的手，我们就能拥有最强大的力量。

别人的需要　◎苑广阔

如果你换上我的眼睛,就不用戴眼镜了,也就不用老是用布擦镜片了。

在一节"思想品德"课上,我向孩子们讲了知识的重要性,告诉他们知识是世界上最为宝贵的东西。然后我对孩子们说:"假设老师这里有很多你们需要的知识,现在老师让你们用自己最心爱的东西和老师交换,你们愿意拿什么来交换知识呢?"

孩子们皱着眉头想了好一会儿,开始回答我的问题。有的说要用变形金刚换,有的说要用画册跟我换……当轮到一个大眼睛小女孩时,她嗫嚅着说:"老师,我只有几个蝴蝶结,你不会喜欢的。但我愿意用自己的眼睛和你换。教美术的王老师说我的眼睛是全班最大的,也是最漂亮的。"

我奇怪地问她:"你为什么想到用眼睛和老师换呢,老师也有眼睛啊。"她想了一下说:"如果你换上我的眼睛,就不用戴眼镜了,也就不用老是用布擦镜片了。"

刹那间,我被深深地感动了,一股暖流涌遍全身。当时正是冬天,因为室内外的温差较大,在教室里上课,眼镜一会儿就被蒙上一层雾气,只好不停地摘下来用布擦。这一小小的细节,却被这个小女孩记在了心里。

我在班上热情洋溢地表扬了小女孩,倒不是因为她愿意把眼睛换给我,而是因为她不但想到了自己的需要还想到了别人之所需。而在生活中,我们总会清楚地知道自己最需要什么,却往往忽视了别人最需要什么。

做人做事锦囊

　　我们身边的亲人、老师和朋友需要的或许只是一个灿烂的笑容,一声体贴的问候,一份默默的关怀,而这些对我们来说并不是难事。细心发现他们的需要,做一个懂事的孩子吧!

感谢你的沉默　◎秦　文

　　男孩一如既往,每天把女孩的桌子擦得干干净净,为女孩打来开水,用沉默的方式回应周围的一切。

　　男孩念初二。隔着窄窄的教室通道,同排坐的是一个女孩。女孩性情孤傲,拒人于千里之外,整天下巴抬得高高的,不屑于和同学交往。

　　不久,女孩住院了,老师说她得了肺炎。而真实的情况只有男孩知道,因为他的爸爸是肿瘤医院的大夫,是女孩的主治医生。爸爸告诉他,你的同学得了不治之症,已没法手术了,唯有等待,等待那最终可怕的结局的到来。

　　于是,男孩每天都把过道那边的那套桌椅擦拭一遍,同学们向他投来异样的目光。男孩始终沉默着,没有在班上吐露女孩的任何情况。

　　3个月后,女孩来上学了,素衣素裙,面色苍白。女孩自己知道的病情是肺炎,父母没有告诉她真相,因为她忧郁的性格,待在家里不好,所以想让她在热闹的学校中,度过最后的时光。

　　男孩努力地关照着女孩,常常主动和她搭讪,在她脸色格外苍白时,赶紧为她倒来一杯水。有一次,他不知怎么打听到了她的生日,就动员全班同学制作贺卡,签名后送给她。

　　同学们议论纷纷,挤眉弄眼,说他是她忠实的骑士。女孩也开始躲着男孩,但又无力推却男孩的关照。男孩一如既往,每天把女孩的桌子擦得干干净净,为女孩打来开水,用沉默的方式回应周围的一切。慢慢地,大家习惯了他对她异乎寻常的关心。

　　一学期中,女孩几次发高烧住院,好些了,又回到学校,再发烧,又再次住院。男孩对女孩的关照更多了。

　　直到有一天,奇迹发生了。女孩体内的癌细胞突然没有了,她痊愈了。医生说,人体通过发高烧杀死癌细胞的报道是有的,不过概率非常低,大概不超过百万分之一。女孩的康复是个奇迹,她的父母喜极而泣。这时,女孩才知道事情的真相,也知道了那个男孩与她的医生的关系。

　　女孩上学来了,依然素衣素裙,只是脸上出现了红润的光泽,她悄悄地给男孩写了一张纸条,上面只有六个字:感谢你的沉默。

做人做事锦囊

　　生命的奇迹总是让我们兴奋。只是这奇迹得来如此不易:一个男孩坚强地保持着沉默,帮一个女生从癌症中夺回生命。面对大家的奚落和善意的玩笑,男孩的沉默实在让我们惊讶。这就好像是他整天在插柳枝,直到柳枝拥有生命成为树荫,我们才恍然大悟。

常锋

听懂你的心  ◎佚 名

> 园长先和孩子握了握手,说:"欢迎你来到这里！你真是个漂亮的小男孩！"

在一家远近闻名的幼儿园里,有一位善解人意的园长。据说她能听懂每个孩子的心。

有一天,一个慕名而来的年轻母亲带着她的儿子——一个不合群,在哪家幼儿园都待不长久的小男孩,找到了这位园长。园长先和孩子握了握手,说:"欢迎你来到这里！你真是个漂亮的小男孩！"

小男孩听到赞扬,脸上露出了微笑。

然后,他乖乖地跟着园长参观这所幼儿园。在路过一道围墙的时候,小男孩指着上面那些五颜六色、乱七八糟的图画说:"这是谁涂的呀？"

"这可能是哪个淘气的孩子涂的,以后你可不能乱涂乱画。"小男孩的母亲赶紧说道。

可是那位园长却低下头来微笑地说:"这是专门给孩子们画画用的。只要你高兴,随时可以在上面画画。"

小男孩似乎对她的回答很满意,他没再纠缠这个问题,径直朝前走去。

一会儿他们来到了一间教室,里面有十来个孩子正坐在地上堆

积木。其中有一个小女孩堆得特别好,她的城堡马上就要完成了。

这时,小男孩就说:"天天玩,没意思!"其实他是嫉妒人家堆得好。

小男孩的妈妈便接口道:"没意思就玩别的,又没人拦着你。"

这时园长摸摸小男孩的头,说:"天天堆积木好像是没什么意思,你看,外面还有那么多的玩具,你想玩什么就玩什么。"说完就带着他走出了教室。

参观完后,妈妈问小男孩愿不愿留在这里,小男孩点了点头。这让他的妈妈大为惊讶,她对园长说:"我真不敢相信!这可是他第一次表示愿意留在幼儿园。我不知道你到底用了什么办法?"

园长笑着说:"其实很简单,只要把自己当成他就行了。"

做人做事锦囊

与别人交往的不成功,往往是由于我们把自己的想法和感受太多地强加给了别人,愈是强硬,愈是容易引起别人的反感。试着设身处地地为他人着想,以感同身受的心理去理解别人,就会发现,与人有效地沟通和良好的交往并没有想象的那么难。

高洁

与大象对话　○王　豪

波佐渐渐平静下来,缓缓地抬起头,眼巴巴地望着矮个子男人。

大象波佐是伦敦一家马戏团的台柱子,性情本来非常温顺。可是,不知为什么,最近它的性情变得越来越暴烈。有一次它甚至突袭了饲养员,差点让这个可怜的人当场丧命。所有人都拿波佐没办法,连兽医也不知道问题出在哪儿。不得已,马戏团老板决定杀死波佐。为了最后在波佐身上捞一笔钱,他大肆宣传马戏团将对波佐进行公开处决。

处决那天人山人海,似乎人人都想目睹这个庞然大物将如何死去。波佐被锁在舞台中央的大笼子里,不远处站着手持来复枪的枪手。在台上的老板细数着波佐的"罪状"。当声讨结束以后,所有人都屏住呼吸等待着最后的枪响。就在这时,一个矮个子男人走上舞台,平静地对老板说:"大可不必这么做。"

老板一把推开他说:"这头大象必须死,不然有人会送命的。"

男人固执地说:"让我进笼子和它待两分钟,我会证明你是错的。"

老板瞠目结舌地说:"你会没命的!"但矮个子男人坚持己见,贪婪的老板也不想错过这场好戏。

于是,他对这个男人说:"进去可以,不过你要出了意外,可与我们马戏团无关。你先立个字据吧。"

矮个子男人写了张字条给老板,声明一切后果自负。

在男子进笼子之前,老板大声告知观众将要发生的事情。台下顿时像炸了锅一样,观众都感到不可思议,有人甚至不停地在胸前划着十字。

男人从容地钻进笼子,波佐一见有陌生人闯入它的领地,立刻伸长鼻子大声发出警告,并准备随时攻击这个入侵者。这名男子面不改色,微笑着对波佐说话。帐篷里安静极了,每个人都竖起了耳朵,但离舞台最近的观众也听不懂男子口中的呢喃,只知道他在说某种外语。更不可思议的是,波佐渐渐平静下来,缓缓地抬起头,眼巴巴地望着矮个子男人。最后它竟然像一个受了委屈的孩子,贴着男人啜泣起来。这一幕让所有人目瞪口呆。忽然有人鼓起掌来，顷刻间，雷鸣般的掌声、欢呼声震耳欲聋。

这名男子一从笼子里走出来，老板立刻拉住他问："太神奇了，你到底给它施了什么魔法呀？"男子边穿外套边说："这是一头印度大象，它听惯了印地语。你们说的话它一句也不明白，所以会变得越来越暴躁。我建议你找一个会说印地语的人来照顾它，它就会变得和以前一样温顺。"说罢，这名男子离开了帐篷。老板仔细看了看手里的字条，发现署名者竟是曾在印度生活多年的英国著名文学家拉迪亚德·吉卜林。

谁都没想到，险些让波佐丧命的问题竟然出在沟通上。可怜的波佐生活的世界里，充满了说话声，却没有一句它听得明白，怎么能不发狂呢？或许，在沟通时，我们更应该试着站在它的角度，用它熟悉的语言来跟它对话，这样才不致因产生误解而酿成悲剧。

与别人沟通时，如果对方能够顾及到我们的感受，常常为我们着想，我们是不是会觉得这样的沟通暖意融融呢？沟通是双方的，如果我们也细心地去考虑对方的处境和感受，那份温暖的感觉也会在彼此心间流淌，误解和悲剧就可以避免。

高洁

真正强大的力量

◎上善若水

我只是希望这次竞争能够公平一些,这样赢得的胜利才有意义。

2006年5月,哈佛大学研究生院学生会主席竞选进入了白热化阶段。在历史上,担任过这一职务的学生里,曾出过3位美国总统。所以,这一职务有着哈佛"总统"的美誉,竞争异常激烈。

此次竞选很有看点,因为在连续被美国人垄断主席位置数年的历史背景下,中国女孩朱成却成了闯进人们视野、备受关注的一匹黑马。在竞选进入最后阶段的时候,朱成一共有3个主要对手,分别是哈恩、吉米克和隆德里格斯。

由于竞争激烈,大家纷纷各显神通。首先,隆德里格斯出人意料地爆出了哈恩和吉米克的丑闻,说他们的家庭和人品有问题,并举出了有关的例子,降低了他们的竞选支持率。隆德里格斯的举动在削弱另两个人的竞争力的同时,也帮了朱成的大忙。此后,朱成的支持率一路攀升。此时,她又开始成为其他3人攻击的目标。

不久,隆德里格斯又爆出了朱成的丑闻,说她以救助南非孤儿为名侵吞了大量捐款,那个孤儿却依然流落街头。

这个谣言让朱成受到了很多选民的质疑。为了证明自己的清白,朱成在学校召开了新闻发布会,她把那个4岁的南非女孩抱到了学校,并且出具了她生活得非常幸福的证明。这让隆德里格斯的谎言瞬间被攻破。由于哈恩和吉米克还没有澄清自己，隆德里格斯被证实了有说谎行为，朱成的获胜概率又提升了几分。

为了报复隆德里格斯之前对两人的"毁灭性打击"，哈恩和吉米克趁大家怀疑隆德里格斯的时候，又曝光了一段隆德里格斯在一家中国超市被警察询问的录像。他们说隆德里格斯因为偷窃而被人抓到，在学校里引起了轩然大波。一时间，隆德里格斯百口难辩。此时，有利的局势再一次倾向了朱成这一边。

2006 年 5 月 11 日，是整个竞选中最重要的一天，4 个竞选者一起召开了新闻发布会。哈恩、吉米克和隆德里格斯都显得有些沮丧，只有朱成依旧保持着端庄的微笑。她走上台说："同学们，我今天想先告诉大家一件事情，就是关于隆德里格斯在超市行窃的事。"

她的话让所有人都屏住了呼吸，隆德里格斯更是因为恐慌而攥紧了拳头。朱成说："我认识那家中国超市的老板，我到他那里去过，问明了整个事情的经过。事实上，隆德里格斯并不是因为行窃而被警察询问，而是因为帮助老板抓到了小偷，才被警察询问情况的！"

霎时，整个发布会现场一片哗然。隆德里格斯惊讶地抬头看了看朱成，微张着嘴，想说什么，又没有说出口。哈恩和吉米克则有些沮丧，他们实在不明白她为什么要帮隆德里格斯澄清丑闻。难道她不明白，一旦他重获清白，就会成为她最大的对手？

竞选的局势再次因为朱成的爆料而扑朔迷离起来。竞选助理埋怨朱成帮了对手一个大忙，朱成只是淡淡地笑了笑说："我只是希望这次竞争能够公平一些，这样赢得的胜利才有意义。"

投票前 15 分钟，隆德里格斯在广播里宣布了自己退出的消息，并且号召自己的支持者把票投给朱成。他说，他无法像朱成那样真诚与宽容，他已经输掉了竞选。最后，隆德里格斯还表示，如果朱成竞选成功，自己愿意做她的助理，全力协助她在学生会的工作……

2006年6月8日,朱成力挫群雄,成了哈佛第一任华人学生会主席。

那些投票给她的学生说,他们相信,只有内心真正强大的人,才会追求公平、公正,才会看重结果,也享受过程。

做人做事锦囊

赵航

朱成在关键的时候帮助对手澄清了谣言,看起来是一件非常愚蠢的事,但她的"愚蠢"却感动了对手,对手在一刹那间成了她竞选最有力的拥护者。一个真正内心坚定坚强的人,是不惧怕任何诽谤、不屑以不光彩的方式去争取成功的。

睦 邻 之 道 ❯邓 笛/编译

遇事忍一口气,大事化小,小事化了。忍无可忍了,也要把"保持客气礼貌"当做是一种解决问题的方式。

因丈夫托比工作变动,我们一家需要搬迁到南非的德班市居住。我们首先物色房子,发现一个荷兰家庭刚刚居住过的房子十分不错,户型合理,采光充足,离丈夫的工作单位较近。我们租下了这幢房子,一家人都很高兴。可是,当我们搬进去之后,才明白那个荷兰家庭为什么要搬走:隔壁邻居家的狗每天晚上都不停地叫。

确切地说,这条狗整夜都在叫唤。如果夜晚天不是很黑,它会冲着各种影子咆哮;它看到星星吠叫,看到月亮也叫唤;如果天黑得不见一丝亮光,它又会像一个怕黑的胆小鬼一样不安地悲号不已;

如果有人经过,它会扯起嗓子怒吼,"汪汪汪",对别人破坏了它的安宁表示强烈不满;如果夜深人静,它又会孤独地发出呜咽。

一连几个晚上,我都无法入眠。托比抱怨说:"我躺在床上都不敢翻身,生怕弄出响声被那条该死的狗听到,那样它就会变本加厉地吼叫。"我不知道该说什么好,只是屏住呼吸,听女儿们有没有睡着。但是我听到的只有那只狗没完没了的叫声。

在我们以前住的地方,晚上偶尔也会听到一两声狗叫,但是没有大碍,完全可以置之不理。

然而,这只狗总是不停地叫,实在闹心得很。我们有两个女儿,她们需要充足的睡眠。现在看来,前景十分悲观。

我设法与那个荷兰人取得了联系。"那只狗是一个大问题,"那家的主妇听我说明情况后告诉我,"我曾经和那家人交涉过,我说请让你家的狗闭嘴吧,它吵得我们的孩子无法睡觉。但是,那家人素质太低,根本不采取任何措施。我们搬走,原因就是那条狗。"

狗每晚还是不停地叫。

我们一家人都在忍受。

我开始思考那个荷兰人为什么会交涉失败。我把在我们家做事的老伯叫到身边。"阿基利,"我说,"你岁数大,有生活经验,你能告诉我有什么办法让隔壁家的狗晚上不再叫唤吗?"

"带上一点儿礼物去看望邻里家的主妇,"阿基利说,"她不是傻子,会明白你的来意的。"

"什么样的礼物?"我问。

"不在于礼轻礼重,有什么拿什么。"阿基利建议道,"你不是养了鸡吗?"

"你是说让我带上一些鸡蛋?"我问。

"止是。"阿基利说,然后又补充道,"夫人,你必须按照我教你的去说。"

　　我在一只小竹篮里装了一些鸡蛋,敲响了邻居家的门。邻居家的主妇愉快地欢迎我的来访。我送上了鸡蛋。"远亲不如近邻,我很关心你们家的情况,"我按照阿基利教我的去说,"你家是不是遇到了什么麻烦事? 我们听到你家的狗整夜都在叫唤。需要我们帮忙吗? "

　　邻居笑着收下鸡蛋。她对我的关心表示感谢,并说她家没有什么麻烦事。回到家后,我对这种方法是否奏效心存疑虑。然而,从此以后,邻居家的狗真的不再叫唤了。后来,我们两家一直友好相处,关系亲密得像是一家人。那只狗见到我们总是亲热地大摇尾巴,白天的时候它偶尔也会叫几声,但晚上绝对保持安静。

　　邻居相处,尽量保持客气礼貌是唯一的睦邻之道。若和邻居有一次争执,以后什么事都可能成为吵架的由头,结果就会闹得鸡犬不宁。所以,遇事忍一口气,大事化小,小事化了。忍无可忍了,也要把"保持客气礼貌"当做是一种解决问题的方式。

做人做事锦囊

　　从不堪其扰到风平浪静,文章中的"我们"之所以能睦邻友好,做法简单至极,就是一小篮鸡蛋和几句温暖的询问。生活中我们见多了争吵甚至打骂,其实这些远远都不是解决问题的办法。人与人相处就是这么简单,和睦就是靠客气礼貌的交往取得的。

王蕴

10公斤的体恤 ○羽毛

> 她温暖了他人,更温暖了自己,如同一滴解冻的水珠,换来桃红柳绿的人生。

那时她中专毕业,找了半年工作,最后做了一名牙膏推销员。每天她早出晚归,对着一扇扇冰冷的门提前微笑,再对着门后面一张张狐疑的脸,举起各种牙膏试用装小声地问:请问您需要最新的牙膏吗?

通常不等她说完。门就"嘭"地关闭了,将她的希望和尊严,弹指间置于尘埃。

她如浸水的宣纸,轻轻一戳就会支离破碎。某天被人推出门来,失魂落魄地走在马路上,她泪如泉涌。

渐渐黑下来的天,还有一轮夕阳照亮。而她,别无依靠。

在租住房的附近,她看见一个老人站在杂物狼藉的板车边沿,纸板上写着歪歪扭扭的毛笔字:废报纸一块钱一公斤,易拉罐一毛钱一个……天气燥热,老人的汗水滴滴答答,湿透了发黄的旧汗衫。黑布鞋前面裂口,露出了半个大脚趾。

她忽然生出同是天涯沦落人的凄然。

家里的废报纸刚好需要处理。于是,她请他上门。她没有别的喜好,除了读书看报,偶尔也写点东西,但从未发表过。

老人熟练地将报纸一沓一沓塞满麻袋,再抽出背上插着的一杆秤,用巨大的挂物钩钩住,费力地提起来。报纸有点沉,他的脸都涨红了,但他让秤尾巴翘得高高的,读准了才和气地对她说:姑娘,10公斤。

她一愣,这哪里只有10公斤!就连一个收购废品的老头也欺负她!

她很快拿出自家的小地秤,不理睬老人突然折弯的背。麻袋放好,她蹲下身看,有20公斤!老人竟少秤了一半!

她抬起头,立刻就想赶他出门。可就在那一刻,她的眼神扫过了他耷拉下来的手:布满伤口,皮皱肉松,骨节支棱——那分明是一双沧桑的、辛劳的、老去的手。此时,它们正难受地互相纠缠着,紧握着,指尖都已发白。它们也曾经朝气蓬勃地捧着大把希望吧,如今却双手空空,无奈无力。

她的心疼了起来。不过几秒,她把麻袋挪过去,若无其事地说:"没错。10公斤。"她又打开破旧的小冰箱,拿出仅存的两支蒙牛绿豆冰棍,塞给老人一支。

老人双手连摆,连说不要不要!

她笑着说,天热,吃了心凉。

老人掏出零零碎碎的钱来,她抽了两张5元的,若无其事地继续咬冰棍。老人欲言又止,终于一手拿着冰棍,一手提着麻袋,匆匆离去。

一个星期后,她在自己的门边发现一小袋荸荠(bí qí),刚刚洗净泥巴,湿润而芳香,还夹着一封信,字迹很童稚,地址来自某某小学一年级甲班。里面是一幅笨拙的蜡笔画:一个扎两根辫子的女孩,正在给一位白发老人冰棍,附有简短的几句话:

"大姐姐:我的爷爷从上周回到家,每天都会说到你。

爷爷说谢谢你的冰棍，你的好心。爸爸妈妈出车祸之后，爷爷只好到处收废品卖钱，给我买铅笔和练习本，一年多了，你是第一个对他这么好的人。爷爷还让我告诉你，说他已经换了新秤……"

她捧着信，来回地读，眼眶热热的。

她写了回信，搁在门边，说："小弟弟：荸荠很好吃，画也很好看，不过，你没见过姐姐，画得不太像！所以，下个周末你来看我吧。姐姐给你和爷爷做好吃的……"

他们果然来了。穿着白衬衫的老人，带着他一蹦一跳的七岁的孙子，提着新鲜的蔬菜，高高兴兴地来了。尽管小背心和短裤都打着补丁，可是男孩非常快乐，活泼。可见，虽然贫穷，虽然失去了父母，但他仍然是在满满的爱当中成长。她庆幸，那天未曾轻易伤害这位老人。

当晚，小小的出租屋充满了欢笑，随同灯影摇曳到深夜。

从此，每个周末她都会和祖孙俩聚聚，吃几个素朴小菜，泡一壶红茶，还给男孩单买了小瓶的百事可乐，看他幸福地喝到呛咳。

她继续推销的生活，在冷眼中坚持微笑，坚持写温暖的文章。一年后，她带着自己发表的作品，应聘成为一家杂志社的编辑，并搬到了明亮的新家。

周末她依然和祖孙俩相聚，并执意资助男孩读书。在那样贫穷灰暗的日子，他们彼此照耀，如今已是亲如一家。

当初隐瞒的 10 公斤，不过是对贫弱如己的老人的体恤，转变却从此发生——她温暖了他人，更温暖了自己，如同一滴解冻的水珠，换来桃红柳绿的人生。

做人做事锦囊

帮助别人,是中华民族的传统美德,无论我们的处境是宽裕还是艰难,都不要吝啬你的爱心。多一点爱心,多一份体恤,我们的生活就会充满温馨和暖意。

▼王蕴

第 **6** 辑 真正强大的力量

常常想起他 ◗麦 依

莫轩迎面走来,看到我盯着他的卷子看,顿时变得有些尴尬,脸涨红了。而我,却什么都明白了。

小学的 6 年时光如过眼烟云,弹指之间,已经一去不复返了。那时的点点滴滴,在脑海中已渐渐模糊,慢慢进入了封存的记忆。唯有他,却常常被想起,依旧让我记忆犹新。

四年级时,我妈妈下岗,爸爸重病在家,家中的经济条件顿时变得拮据了起来,支出常常都是以角作单位。那每月两百多元的学费对我们来说几乎就是个天文数字。学校了解情况后,减免了部分学杂费,而且说如果期末考试拿到全班第一的话,下学期的学费也可以免去。

可是考班级第一谈何容易。班里好学生很多,几乎是整个年级的精英都集中在了我们班。其中就有他。

他叫莫轩,是班长,人长得很干净,嘴角总是挂着一抹微笑。他成绩也很棒,考试从来都是名列前茅。而且,莫轩从来不发脾气,在同学中很有人缘。

139

为了省下一个学期的学费,我加倍努力刻苦学习,在几次小考中都取得了不错的成绩,可是第一名却从来都是他。可能是心中对他的好成绩有所排斥,我对他的帮助从来都是冷眼相待,平时跟他说话也相当尖酸刻薄。他却从来不计较地笑笑,但在我眼中却是别有心计。

转眼间,期末考试到了。尽管作了充分的准备,我却还是在前两科语文和英语的考试中被扣掉了5分,屈居班内第二。第一名,当然是莫轩,满分。

要在数学考试中超过他几乎是不可能,不过现在看来,只有那一线希望了。

几天后,数学成绩下来了。我坐在位子上,两眼茫然。试卷不难,他得满分肯定没问题。

"麦依,100……莫轩,94……"

我脑中顿时炸开了,我居然比他高6分,这么说,学费就可以免了!我如释重负地笑了。转眼看了看莫轩,问:"你还好吗?"

"还好。"他还是那样笑着。

下课后,我去老师办公室领卷子。翻找时,看到了莫轩的数学卷子。

大略一扫,目光锁定在了最后一道应用题上,6分。

他做出来了,答案也是正确的,可是却被他用笔坚决地、重重地划去了。

莫轩迎面走来,看到我盯着他的卷子看,顿时变得有些尴尬,脸涨红了。

而我,却什么都明白了。

后来,我们成了很好的朋友。

毕业后, 次同学聚会上,我向他问起了这件事。

"我想帮你。"他答得很平静。

"那为什么不在前两次考得低一点呢？"

"失望后的喜悦会翻倍,我想让你更加快乐。"

他笑了。我也笑了,眼中却蒙上了一层雾。

现在,分别已经一年多,却还是常常想起他,想起他那温和的微笑,想起他那平静的话语,想起他那颗善良,而又细腻的心。

做人做事锦囊

可以说,这是一段被隐藏起来的友情,它如一股扑面而来的清香萦绕在"我"的周围。为了帮助"我"实现减免学费的愿望,莫轩悄悄地牺牲着自己。这种行为让"我"明白,真正的美是从心灵深处来的,它是善的代名词。这样的美,才会热烈而持久。

倪玮琳

病 ◉连 岳

如果一个人处心积虑要把所有的好处拢给自己,就有病了。

连术尔赤和一个极愚笨的人由于意外的原因,同时得到了命运之神的宠幸。命运之神说:我给你们一次中巨额奖金的机会,有花不完的硬通货。

连术尔赤有额外的要求:我比那笨人更多理性、智力,我应该在最后比他富有。命运之神勉强答应了。

愚笨的人果然有了横财,他只能就俗,宝马香车、美人红酒,曼联的主场包个贵宾席位,巴黎的餐馆备受尊敬,如此而已。中年以后,穷极无聊,成为赌场的常客。当钱所剩不多时,寿终正寝,结束了庸俗的一生。

连术尔赤在死的前一天中了一亿美元的六合彩。命运之神满足了他的要求。

这说明有时好处求得越多,死得越尴尬。

连术尔赤第二次和这个愚笨的人得到命运之神的宠幸,他再加上额外的要求:我要和那愚笨的人同样在年轻时富有,而且应该在最后比他富有。命运之神让他收回请求,未果,悲伤地答应了他。两个人同一天有了两亿美元。愚笨的人毫无创造性地当即过上了物质主义的生活,连术尔赤花了一天时间拟定他比愚人高妙千倍的花钱计划。第二天,他死了。命运之神再次满足了他的要求。

这说明有时好处求得更多,死得更悲惨。

命运之神宠幸他们的第三次,连术尔赤仔细思考了无缺憾的要求,以便使自己完全能占愚笨之人的上风,他说:我要和他同样在年轻时走运,终生比他有钱,而且长命百岁,这样,才能对得起我的智慧。命运之神马上允许了。

愚笨的人得到了 3 亿美元,聪明的连尔术赤得到一个精神病医生的护理。命运之神的一条准则据说是:如果一个人处心积虑要把所有的好处拢给自己,就有病了。

做人做事锦囊

时刻保持一颗平常心,无论是在生活、工作,还是学习当中。看到别人拥有比自己更好的东西,不要处心积虑的非要得到不可;看到别人比自己的成绩好,也要有良好的心态,自己足够努力就行了。每天努力的同时保持一颗平常心,成功自然会靠近我们。

赵航

上帝也会装作没听见

（美）威廉·贝纳德

对于因为仁慈而说出的谎言，只怕上帝也会装作没听见。

1848 年，美国一个安静的小镇上，一声刺耳的枪声划破了午后的沉寂。刚入警察局不久的年轻助手听到枪声后，就随警长匆匆奔向出事的地点。

一位青年人被发现倒在卧室的地板上，身下一片血迹，右手已无力地松开，手枪落在身旁的地上，身边的遗书笔迹纷乱。他倾心钟情的女子，就在前一天与另一个男子走进了教堂。

屋外挤满了围观的人群，死者的六位亲属都呆呆伫立着，年轻的警察禁不住向他们投去同情的一瞥。他知道，他们的哀伤与绝望，不仅因为亲人的逝去，还因为他们是基督教徒。对于基督教徒来说，自杀便是在上帝面前犯了罪，他的灵魂将在地狱里饱受烈焰焚烧。而风气保守的小镇居民，会视他们全家为异教徒，从此不会有好人家的男孩子约会他们家的女孩子，也不会有良家女子肯接受这个家族的男子们的戒指和玫瑰。

这时一直沉默着双眉紧锁的警长突然开了口：“这是一起谋杀。”他弯下腰，在死者身上探摸了许久，忽然转过头来，用威严的语调问道：“你们有谁看到他的银挂表吗？”那块银挂表，镇上的每一个人都认得，是那个女子送给年轻人唯一的信物。人们都记得，在人群集中的地方，这个年轻人总是每隔几分钟便拿出这块表看一次时间。在阳光下，银挂表闪闪发光，仿佛一颗银色温柔的心。所有的人都忙乱地否认，包括围在门外看热闹的那些人。警长严肃地站起身："如果你们谁都没看到，那就一定是凶手拿走了，这是典型的谋财害命。"死者的亲人们号啕大哭起来，耻辱的十字架突然化成了亲情的悲痛，原来冷眼旁观的人们也开始走近他们，表达慰问和吊唁。警长充满信心地宣布："只要找到银表，就可以找到凶手了。"

门外阳光明媚，六月的大草原绿浪滚滚，年轻助手对警长明察秋毫的判断钦佩有加，他谦虚地问道："我们该从哪里开始找这块表呢？"警长的嘴角露出一抹难以察觉的笑意，伸手慢慢从口袋里掏出一块银表。年轻人禁不住叫出声来："难道是……"警长看着周围广阔的草原依然保持沉默。"那么他肯定是自杀。你为什么硬要说是谋杀呢？""这样说了，他的亲人们就不用担心他灵魂的向往，而他们自己在悲痛之后，还可以像任何一个基督教徒一样开始清清白白的生活。""可是你说了谎，说谎也是违背十诫的。"警长用锐利的眼睛盯着助手，一字一顿地说："年轻人，请相信我，每个人的一生，比摩西的百倍还重要。而一句因为仁慈而说出的谎言，只怕上帝也会装作没听见。"

是啊！上帝在对我们进行判断的时候，决不只看我们在怎样说或怎样做，而是在乎我们为什么这样说和这样做。对于因为仁慈而说出的谎言，只怕上帝也会装作没听见。

做人做事锦囊

有人说，善意的谎言与诚信相违；有人说，善意的谎言与原则相离。也有人说，善意的谎言是纯真友情的遮阳伞，微风因为善意而愈加清凉。是的，必要的时候，一些善意的谎言，能化解彼此间的矛盾，能抚平滴血的伤口，能让我们以及我们周围的人生活得更美好。

倪玮琳

有一种活法，叫风骨 ◎古保祥

> 在绝境面前，最容易锻炼一个孩子的创造力和潜力。

那一年的夏天，为了弥补家庭经济的不足，我自作主张地在学校的贫困生申请表上签了字。我所做的一切，只是想替父亲分担一些我学费上的忧愁。因为学校有规定，一旦被确定成为贫困生，将会被免去全年的学杂费，而这些费用，足够我家一年的生活开支。

最后，学校决定在我和嘎子中间选一个人作为正式的扶助对象。

接下来，分别派两名老师前往山区里的我们两家做调查，然后再决定最后的名额归属。

我和两位老师到了我家，然后我把父亲和母亲拉进里屋，向他们详细说明我的申请以及和嘎子之间发生的故事，最后我一本正经地说：只有一个名额，所以，我们必须要抓住。

父亲低着头想问题，一会儿问我：那个嘎子家境如何？

我说：比我强不了多少，他父亲上山打柴折了腿，全靠母亲纺线过日子。

父亲最后对我说：这个名额我认为应该归人家，我们不能要，我们的家境比他强，况且我和你娘还能挣钱。

父亲去了外面对两位老师说：没啥，只要孩子听话就行，关于学费的问题，我和娃他娘都认为不算啥事，我们有能力承担，请转告校领导。

最后我没被选上。许多年过去了,那件往事也随着父亲的病逝永远尘封在我年轻的记忆里,直到多年以后,做了父亲的我才忽然明白父亲的良苦用心,他是在用一种坚毅告诉我活着的另一种坚强,他甘愿把指标让给别人,只是为了树立我的奋斗决心,在绝境面前,最容易锻炼一个孩子的创造力和潜力。

原来,在这世界上,有一种活法,叫做风骨。

做人做事锦囊

我们不要忽略生活中的每一件小事,因为这些小事就像那些最平凡的沙子一样,不起眼,但是蕴涵着金子。人生也一样,在那些微不足道的小事里,却可以历练出一个人的气概和品质。只要我们在最困难或者最绝望的时候,坚守住自己的那份坚强,我们也会成为一个有风骨的人。

赵 航

生命的礼物　◎志 宏

我的职责就是让极其宝贵的心脏能在病人体内发挥最好的作用,让他们活得更长。

麦克拉斯医生正坐在布奇逊中心医院自己宽大的办公室里。他是美国极负盛名的心脏移植专家,这家医院的心脏科主任。他翻开助手刚刚送来的一个病人的病历:"坎贝尔,32岁,O型血。"病历详细记载了坎贝尔的心脏病病史,并诊断出他最多只能活4个月。麦克拉斯拿起坎贝尔的心肌X光图,看到坎贝尔已经变大的心脏,不禁轻声叹息。全美每年有一千多人需要进行心脏移植,而心

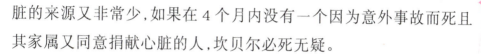

脏的来源又非常少,如果在 4 个月内没有一个因为意外事故而死且其家属又同意捐献心脏的人,坎贝尔必死无疑。

突然,一阵急促的电话铃声打断了麦克拉斯的思绪。他拿起话筒,里面传来一个女人的声音:"麦克拉斯医生,我是凯琳·布尼,我是代表总统给您打电话的。"她的声音柔和,但却带着一种不容置疑的权威,"我们要给您送来一个新病人弗尼斯先生,您知道他是总统的高级顾问。我们希望您能给他第一流的治疗,通过心脏移植挽救他的生命。"最后,她还加了一句,"您知道他对国家的重要性。"

"我恭候弗尼斯先生的到来,我们将尽最大的努力,给他最好的治疗。"白宫的电话,引起了麦克拉斯的高度重视。

第二天下午,两辆豪华大轿车驶进医院,弗尼斯在几名助手的陪同下,住进了布奇逊中心医院 609 室。弗尼斯 62 岁,涉足政坛多年,虽然深受病痛折磨,但两眼仍炯炯有神。陪同前来的白宫医生告诉麦克拉斯,弗尼斯最多只能活 5 个月,他迫切需要进行心脏移植手术。麦克拉斯阅读了他的病历,发现他和坎贝尔身材相当,而且血型也相同,他的心不由得颤动了一下,他意识到了问题的严重性。是否有资格接受心脏移植手术,还需要对病人进行一系列的常规检查。弗尼斯和坎贝尔的检查报告很快出来了,弗尼斯的身体由于受心脏的影响,肾脏和肝脏的受损程度已超过了标准,而坎贝尔的受损程度没有超过标准。肾脏和肝脏的受损程度如果超过一定的标准,就不能进行心脏移植手术。他决定首先通过积极治疗,恢复弗尼斯肾脏和肝脏的功能,以达到心脏移植所规定的要求。

一晃 3 个月过去了,弗尼斯和坎贝尔离死神越来越近,还是没有适合他俩的心脏。最让麦克拉斯担忧的是,虽然经过了 3 个月的治疗,但弗尼斯的肾脏和肝脏并没怎么恢复。麦克拉斯觉得身上的担子越来越重,白宫三天两头打电话来询问弗尼斯的病情,全院上下也都盯着他。说实话,他并不希望在这几个月内有新的心脏,因为那样他才不会面临困难的选择,即使两个病人都死了,他也没有什么责任。但作为一名医生,救死扶伤是他的天职,他为自己闪过这种念头感到可耻。

正当弗尼斯和坎贝尔的生命之火即将熄灭的时候,从美国全国心脏服务中心传来消息,在 800 英里之外的落基山旁的一个小村庄,有一个年轻人因车祸意外死亡。送来的资料表明,这个年轻人的身材和弗尼斯、坎贝尔相仿,而且血型也是 O 型。院长布里奇知道这个消息后,迅速来到麦克拉斯的办公室。一走进办公室,他就高兴地叫道:"麦克拉斯,我刚才已将这个消息告诉白宫了,总统得知后非常高兴。""可是我还没决定谁先接受心脏移植。"麦克拉斯有点不高兴地答道。

布里奇对麦克拉斯的回答感到惊讶。"那你现在就决定。"院长大声说完,头也不回地走出了麦克拉斯的办公室。

院长走后,麦克拉斯坐在桌前陷入了沉思,他反复翻阅放在他面前的两份病历,谁先做,弗尼斯还是坎贝尔?选择一个就可能给另外一个判了死刑,这太残酷了。他知道如果救活弗尼斯,会给医院和他本人带来巨大的好处,毕竟弗尼斯是一个有影响的人物;坎贝尔只是一个花匠,一个无足轻重的人物,即使不治而死,对医院和他本人也没多大影响。但弗尼斯并不符合心脏移植手术的要求,如果给他移植,最多只能活一年半载,而另一个可以靠这颗心脏多活 10 年、20 年的年轻人就必须死去。想到这里,麦克拉斯使劲地摇了摇头,不,不!这是他——一名医生的良心所不容的。怎么办?作为一个心脏移植专家,麦克拉斯素以雷厉风行、大胆果断著称。这个在外人看来非常简单的决定,却难住了麦克拉斯,他正面临严峻的挑战。选择良心,他将失去一切;放弃良心,他将拥有一切。麦克拉斯一时难以决定,他来到 609 病房,惊讶地发现弗尼斯整个人都变了,有心脏的消息似乎已给他打了一针兴奋剂。弗尼斯高兴地对麦克拉斯说:"医生,这个消息太令人鼓舞了,当然我对那个不幸死去的年轻人也深感遗憾,但是我要活,我要活!"弗尼斯已经认为这颗心脏非他莫属了,虽然他知道隔壁的坎贝尔也在和他等待同一颗心脏。

607 病房里,坎贝尔无神的大眼呆呆地望着天花板。这个消息并没有带给他任何喜悦,有没有心脏对坎贝尔来讲都是一样的,他知道白宫要人弗尼斯和他等待着同一颗心脏,无论从哪个角度来讲,医院都会优先照顾弗尼斯。反正他已做好死的准备,一切都无所谓了。看见麦克拉斯走进病房,坎贝尔挣扎着从床上抬起身子,苍白的脸上现出一丝痛苦的微笑。他吃力地说道:"医生,不要为我担心,我还没死,我……"他喘了一口气,用劲说,"我还可以等。"麦克拉斯扶他躺下,什么也没说,转身走出了病房。

从 607 病房出来,麦克拉斯看了看表,晚上 8:30,再有 3 个半小时,负责运送心脏的医疗小组就要回来了。时间紧迫,他要赶快做手术前的准备工作。他飞快地走进自己的办公室,发现院长布里奇已经在那里等候。他把决定告诉了布里奇。布里奇高声叫道:"你知道你这个决定对医院、对国家甚至对你个人的前途会产生什么样的后果吗?"

"我知道,我们已对弗尼斯进行了最好的治疗,可惜他的身体状况并没达到手术的要求。我是一名医生,不是政治家,对任何病人我都一视同仁,不管他的身份高低。现在,我的职责就是让极其宝贵的心脏能在病人体内发挥最好的作用,让他们活得更长,所以我选择了坎贝尔。"麦克拉斯直视着院长回答,字字句句斩钉截铁,掷地有声。

"你不能这么做,你简直疯了,你犯了一个大错误。我已经答应白宫了,你叫我怎么向他们解释?"布里奇声嘶力竭地喊起来。

"我会向他们解释一切并承担一切后果。"他拿起话筒,"通知坎贝尔,他明天凌晨一点开始进行手术。"生命之光将在坎贝尔身上重现。

一个月后,609病房弗尼斯的那颗疲惫不堪的心脏终于停止了跳动。弗尼斯的死成了一条轰动全国的新闻,医院董事会迅速作出了解雇麦克拉斯的决定。麦克拉斯早就料到会有这样的结局,但他对自己的决定并不后悔。尽管失去了一切,但他却在巨大的压力下,始终坚持住了自己生活和行医的准则:公正和良心。

做人做事锦囊

一个医生顶着巨大的政治压力而坚守自己的行医准则,我们为拥有这样一个好医生而感到欣慰。在压力面前,我们是改变自己生活的态度和坚守心灵的准则,还是迫于压力而违背自己的意愿? 这是一个很困难的选择,而这个选择所造成的后果,也许是天与地的差别。无论如何,守住自己的良心,就是给生命最好的礼物。

赵航

这不是属于我的 ▷佚 名

这些橘子已经长熟了,怎么还长在树上? 是因为它酸,所以没有人采吗?

几年前,钱先生来到世界闻名的高科技区"硅谷"——美国加州的圣何塞市。

自从钱先生抵达加州之后,他发现加州的气候得天独厚。这里空气清新,阳光明媚,四季温暖如春,到处是鲜花绿草,他觉得自己仿佛走进了一个无边无际的花园之中。

一天,钱先生正在随意漫步,觉得眼前忽然一亮,前面出现一条金色大道,人行道上种的是一株株橘树,沉甸甸、黄澄澄的橘子挤满了枝头。花旗蜜橘是世界闻名的鲜果,今天,在美利坚合众国的土地上见到它,见到它那浑圆结实、果皮上闪着油光的橘子,钱先生感到非常亲切。突然,他想到这样一个问题:这些橘子已经长熟了,怎么还长在树上?是因为它酸,所以没有人采吗?他决定问个清楚。

钱先生围着橘子树来回足足兜了半小时,无奈无一过往行人,他只好掉转方向准备回到住处。这时,他突然见到前方一个背着书包、脚踩旱冰鞋的学生模样的孩子正奋力而有规律地甩动着双臂朝自己滑来。

钱先生有礼貌地对孩子说:"劳驾,孩子,你能回答我一个问题吗?"

美国孩子大多数是活泼大方不见外的。孩子见到有人要他回答问题,马上把旱冰鞋尖向地上一点,来了一个急刹车,说:"当然可以。"孩子拿出手帕擦着他布满雀斑的脸上的汗水说,"只要是我知道的。"

"圣何塞的橘子是酸的吗?"钱先生指着橘子树直率地问。

"不。"孩子摇摇头自豪地说,"这里的橘子可甜啦!"

"那你们为什么不采来吃?"钱先生指着一只熟透的橘子说,"让它掉在地上烂掉多可惜。"

"对不起,先生,我该怎么回答你提出的问题呢?"孩子摊摊手,耸耸肩,笑着对他说,"我为什么要吃路边的橘子呢?这不是属于我的。"

孩子说着和钱先生挥手道别,又开始有规律地甩动双臂向远处滑去。

"这不是属于我的。"望着早已远去的孩子的背影,钱先生寻思着这个简单朴素,但又包含社会公德准则的语言,这是闪闪发光掷地有声的语言呀!

人很多时候都是在满足自己越来越多的愿望,但是满足的方式无外乎两种,取之有道和贪婪索取。我们如果都能做到像那个孩子一样,不属于自己的东西,不盲目地争抢,那么大家都能给自己营造一个和谐融洽的环境,社会公德的准则也就牢牢建立,并影响着我们的人生。

赵航

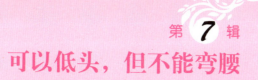

第 **7** 辑

可以低头，但不能弯腰

　　低头是谦逊的姿态，不弯腰是不屈的品格。学会适时低头，是我们需要掌握的人生智慧，有时稍微低一下头，或许我们的人生路就会走得更顺畅更辉煌；时刻挺直腰板，是人生不可或缺的尊严与勇气，宁折不弯的脊梁，会为我们赢得更多尊重与喝彩。

从自己开始  佚 名

我认为，他们许多人是绣花枕头一包草。他们只不过是以对自己的感觉来对待别人罢了。

几年前，罗伊在香港出席一次教育会议，要作主题报告，并且开办改进学生感情健康的培训班。其中有一个班令人难忘：教育者在亚洲和太平洋地区的国际学校工作，学生来自于世界各地。罗伊逐渐意识到有几位受聘于美国学校的教师，一年不到就先后离去。罗伊既感到惊讶，又觉得好奇，到底是什么事情使得美国学校产生这么大的负面效应，致使这些教师改变初衷，早早知趣而退，另谋高就呢？

因此，罗伊设法找到了这几位教师，和他们分别谈话，探索究竟发生了什么事情。一位刚从加利福尼亚州回来的澳大利亚教师悄悄地告诉他，原因并非是学校，并非是家长，也并非是其他的教师，原因是孩子们自己。

"孩子们？"到这时候，罗伊真的关心起来了，"我们的孩子怎么啦？"

"我没有办法教他们，他们缺乏自我尊重！"

自我尊重！这就是这位教师早早回家的原因吗？罗伊到处打听。他拦住一位来自新加坡的年轻女士，她也缩短了在美国的教学时间。

"你们的学生不尊重自己，也不尊重权威；并非所有的学生，但是已经多得令人在教室里难以应付了。"她解释道，"如果他们不看重我的意见（更别说听取这些意见了），那我们怎么教他们呢？所以我离开了。"

一位来自中国台湾的教师听见他们的谈话后，补充说："而且他们对同伴也同样地不尊重，因为学生们相互之间非常粗鲁，我不得不终止课堂讨论。他们就是不知道应该有礼貌地仔细听同学发言。"

"我还看见他们这样对待自己的父母，"另一位教师说道，"而且那要比他们对我们还要糟糕得多。他们非常无礼，甚至蛮横。"

"但是所有这些又与缺乏自我尊重有什么关系呢？"罗伊问道。

一位澳大利亚教育者对罗伊解释说："你们许多学生好像很伤心，甚至生气。听起来他们似乎很自信，但是在内心深处，我认为，他们许多人是绣花枕头一包草。他们只不过是以对自己的感觉来对待别人罢了。"

这群教师一致认为遭遇到同样的问题：美国学生缺乏自我尊重，而且表现在他们对待别人的态度中。正如一位教师所指出的："如果不尊重自己，怎么能尊重别人呢？"

做人做事锦囊

尊重别人的前提是首先要尊重自己。狂妄地自大和怯弱地自卑都是不尊重自己的表现。自大常常会无视他人的感受，任性行事；自卑常常使人不相信自己的能力，不敢做事。正确地认识自己的长处和劣处，客观地评价自己，才会以一颗平等待人的心去看待别人，给予他人应有的尊重。

采露

加油站里的不速之客 ◎刘宇婷

杰克慷慨地赠予了他们最亟须的东西——不仅仅是食物,还有更珍贵的自尊和希望。

　　这是美国德州一个普普通通的小加油站,兼卖一些小吃、饮料、香烟和糖果。柜台后的小伙子脚蹬长靴,宽松的 T 恤衫外罩着背心。小伙子风趣幽默,熟悉每位常客的名字,知道他们通常买什么。他对人谦恭有礼,不过有一次,他竟然毫不客气地把一个顾客击倒在地,因为那家伙就在小店里对自己的妻子拳脚相加!生意清淡的时候,这个有着侠义心肠的年轻人喜欢在柜台后静静地阅读科幻探秘小说。

　　最近,加油站连续在夜间遭到抢劫。这天,小店又突然间进来3位不速之客。他们以最快的速度把食品从货架上扒拉下来,显然不想为此付账。年轻人见此情景,沉着地按下紧急按钮,然后飞快地走出柜台,锁上前门。不难看出,这些人都是无家可归的流浪汉,而且看样子根本不打算夺路而逃。他们知道警察就要来了,吓得挤作一团,怀中的食品撒了一地。

　　加油站的小伙子没有恶语咒骂,也没有扬言要送他们去坐牢。他说:"如果你们真是肚子饿,不必去偷去抢,后面仓库有快到期的食品,还可以安全食用。你们需要的话,尽管拿走好了。"

　　当警察赶到时, 3 个人正在整理货品。小伙子解释说,局面已得到控制,不再需要警察了。

这一切完全出乎流浪汉们的意料!他们受到了人性的对待——在把事情搞得一团糟之后,他们又被给予了纠正错误的机会。最后,小伙子建议他们用卫生间洗洗澡,3人更是惊讶不已,因为私营店的卫生间是从来不欢迎流浪汉的。

当3个流浪汉抱着满满一大堆食品走出加油站时,他们比进来时干净了许多,腰板也挺直了不少。小伙子提醒他们,下次再来时,要先问一问,不要只知道抢。

事情平息了,年轻人回到柜台继续看书,直到下一位客人的光顾。他将是这个世界上最不愿对此自吹自擂的人,他就是我的儿子杰克。那天,把3个流浪汉直接交给警察无疑要省事得多,然而杰克却慷慨地赠予了他们最亟须的东西——不仅仅是食物,还有更珍贵的自尊和希望。

做人做事锦囊

有时,撕碎别人的自尊很容易,只需要一个傲慢的眼神,一个粗鲁的动作,一句冰冷的话。而我们得到的,也将是更严重的怒目而视,恶言相向,甚至是拳脚相加。有时,维护一个人的自尊也很容易,只需要一份善意的关怀,一份平等的相待,一句鼓励的话语……

采露

价值千金的30份报纸 ◇尊 严

叔叔,你说,靠自己赚的钱买车,是不是说明正常人能做到的我也能做到,我看书上写着,这叫做人的尊严。

回家的路上,不知何时起,多出一个卖报纸的孩子。看上去有10岁左右,左腿被截肢,拄着拐杖,只凭一条腿站在那里叫卖。我从发现他起,每天都要走过去买一份报纸。起初几天,一手交钱一手交报,很平常。

可是自从那天的一件事情后,孩子卖报的方式却发生了变化。

那是一位老年人,在我刚刚买过报纸要离开的时候,他找到了孩子,他递过去1元钱,要一份当天的报纸,孩子把报纸给他后,老先生拿着报纸转身就走。孩子在后面喊着:"爷爷,找你钱。"

我能理解那个老年人的想法,那5角钱,也许他当成了一种善意的馈赠。可是这个孩子却单腿跳跃着追出好远,把那钱塞进了老年人的手里。

再去买报纸的时候,孩子没有直接接过我的钱,而是抬着头,嘴里一连串说出当天报纸主要新闻的标题,他说:"今天的副刊是E时代,写的都是数码科技的知识,叔叔,你看你需要吗? 不需要的话就明天再来。"

我有些愕然,对这个孩子产生了兴趣,我问他,为什么要这么说,他不好意思地说:"我在这里卖报纸,发现一些叔叔阿姨、爷爷奶奶是因为可怜我,才来买我的报纸。但我希望,他们能把我看成是一个正常人。他们买报的原因是自身需要,而不是出于对我的同情!"

听了他的话,我有点惊讶。虽然这个孩子卖报纸的消息传开后,郑州很多人会特意来看,而且众说纷纭。有很多人说,这个孩子一定像那些乞讨的残疾孩子一样,是一些团伙找来利用别人的同情赚钱的托。可是我不相信,我把这个孩子身上发生的一切,告诉每个有兴趣听的人。

再后来,发现孩子的身边多了一个纸箱做的牌子,上面写着:报纸——每天30份,这又让我觉得发现了"新大陆"。后来,我和孩子熟悉起来,问他这是什么原因。孩子笑笑说:"叔叔,等过几天我再告诉你。"

果然,几天后,我上班时看到了孩子。他手里拿着报纸,看到我,立马跳过来,我也迎过去,从口袋里掏出了钱。

"今天不要钱的,叔叔。"小男孩把报纸递给我,"叔叔,谢谢你们一直买我的报纸。我明天就开学了,不卖报了。今天的报纸送给你们。"

没想到。他竟然是趁假期来卖报纸的。他笑笑,脸上挂出了一丝得意,回头指着一辆崭新的自行车对我说:"叔叔,看到没,这是我用卖报纸挣的钱买的新车子,以后上学方便多了。"

"那家里人怎么不买给你,让你自己出来赚钱买呢?"

"是我自己坚持要出来的,妈妈说给我买车,可是我不想要。我想靠我自己赚的钱买一辆车。叔叔,你说,靠自己赚的钱买车,是不是说明正常人能做到的我也能做到,我看书上写着,这叫做人的尊严。"

我彻底被一个10来岁的孩子震撼了,从来没有像今天这样,我对尊严有着这么深刻而清晰的体会。送完报纸的他挥挥手,用一只脚蹬着车子,消失在了人流之中。

尊严是什么,尊严对他来说,就是不依靠别人的施舍,哪怕施舍是善意的;尊严就是不借别人的手来实现自己的梦想;尊严就是他稚嫩的声音读出的报纸内容;尊严就是每天 30 份报纸,而不是用别人对自己的同情去卖更多更多。

做人做事锦囊

帮助而不同情,自爱而不自大,给予而不施舍,这就是尊严。我们要学会用平等的心来维护自己的尊严,获得灿烂的人生。

采露

尊严是个高贵的词 马良晓

它是陆地上的王者,壮硕有力,虽无杀伐之心,却无时无刻不在捍卫着自己的尊严。

小时候,我以为只有人类才有生命。大了,知道一切的一切不仅有生命,更有尊严。尊严就是漫漫黑夜里亮起的一盏灯,常常让人热泪盈眶。看光盘《发现》,里面说大象能灵敏地预感到自己的死亡,之后,它会向同伴们依依惜别,简短的告别仪式后,它一步步走向象冢——一个没有被好奇的人类所发现的墓地。尽管穷途末路,但毕竟是英雄,它依旧保持了王者风范——向头顶盘旋的秃鹫示威性地扬起强有力的鼻子,还发出低沉的吼声。

我一直纳闷,大象是怎样预感到自己的死期的? 终于,我不再纠缠于它对死亡的先知先觉，而是不断地回放它走的那最后一段路途，一遍又一遍：步履稳健，姿态从容……我看不出它的表情，但相信那是淡定自若的，一如平日在林间啸傲穿行。

是什么让大象平静地接受了这个事实？动物学家无奈地耸耸肩——人类无法破译这个谜，我却多情地认定是因为尊严。是的，它是陆地上的王者，壮硕有力，虽无杀伐之心，却无时无刻不在捍卫着自己的尊严。正因如此，即便是死，也不愿让同伴看到墙一样的身体颓然倒下，不愿将自己死去的身躯被秃鹫撕啄虫蚁啃噬的惨烈曝于好奇的人类眼前，让人们当作无聊的谈资。

一头大象，因有了尊严，让我们羞愧地低下头去；一株小草，因有了尊严长成高大的植物，让我们惊讶地抬头仰望；一个处于最底层的人，因有了尊严，让我们知道高贵这个词，并不是"高"和"贵"简单的叠加组合。

做人做事锦囊

心灵的高贵是维护尊严的利器。当自己处于生命的低谷时，当财富、健康、名利、地位我们都无法左右时，我们唯一能决定拥有还是放弃的便是尊严。让心灵不惹一丝尘埃，始终高昂向上的头，这便是真正的高贵，它关乎一种精神，也关乎内心的灵魂。

采露

可以低头，但不能弯腰  ▶王者归来

把腰挺起来，告诉全世界：我们可以低头，但不能弯腰。

苗家人房屋的建筑最有特点，一个不大的屋子里面可以有几十个房檐和门槛。平日里，苗寨里的乡亲们就背着沉甸甸的大背篓，从外面穿过这些房檐和门槛走进来。

令我不明白的是，虽然有这么多的障碍，可从来没看见他们当中有人因此撞到房檐，或者是被门槛绊倒。要知道，对于一个外乡人来说，即使是空手走在这样的屋子里，也会经常碰头、摔跟头的。何况，他们身后还背着那么重的背篓。

请教当地居民，有老人告诉我，要想在这样的建筑里行走自如，就必须记住一句话：可以低头，但不能弯腰。低头是为了避开上面的障碍，看清楚脚下的门槛，不弯腰则是为了有足够的力气，承担起身上的背篓。

听完老人家的话，我陷入了沉思。可以低头，但不能弯腰，我们对生活的态度，不也正应该如此吗？苗家的房舍正像我们的生活，一路上布满了房檐和门槛。而我们肩膀上那个大背篓里装满了我们做人的尊严。背负着尊严走在高低不同、起伏不定的道路上，我们必须时刻提防四周的危险。为了不碰头、不摔跟头，我们开始学会了低头。低头做人，低头处世，把自己的锋芒收敛起来，小心翼翼地走路。

我们生命里的房檐和门槛太多太多了。从很小的时候起，我们就不断地碰头、摔跟头。后来，我们长大了，父母告诫说遇人遇事先要低三分头，处处忍让，为的只是少一些麻烦，少一点伤痛。可我们忘记了，我们的背后还有一个背篓，一个装满尊严的背篓。在我们不断低头的过程中，我们身后的尊严已经摇摆不定了。一旦低头超过了底线，连腰也弯下来，那如何还能背起做人的尊严、生活的尊严。

为了避开不必要的麻烦，低头做人本身没有错，错在有的人头低得多了，连腰都弯了下去。腰一弯，背篓也就不能保持平衡了，尊严也就掉了出来，撒了一地，摔个粉碎，得来的不是别人的体谅，却是无穷的轻蔑。事实证明，生活是个势利眼，要想让他瞧得起，你就得直起腰板做人；而成熟的果实总是将头颅朝向大地，我们也因为敬畏命运而深深低下头。

把腰挺起来，告诉全世界：我们可以低头，但不能弯腰。

做人做事锦囊

低头是谦逊的姿态，不弯腰是不屈的品格。学会适时低头，是我们需要掌握的人生智慧，有时稍微低一下头，或许我们的人生路就会走得更顺畅更辉煌；时刻挺直腰板，是人生不可或缺的尊严与勇气，宁折不弯的脊梁，会为我们从这个世界赢得更多尊重与喝彩。

第7辑 可以低头，但不能弯腰
采露

163

恨和尊重是两回事　◎感　动

恨和尊重是两回事,偷渡者也是人,从人道上讲,我有义务尽自己的力量,来尊重他们活着的权利。

美国和墨西哥有几千公里长的边境线,每天,都有来自墨西哥的非法越境者,进入美国。为了防堵这些偷渡者,美国政府在边境线部署大量军队日夜执勤,同时,美国一些民间组织也成立了巡逻队,手持长枪,坐在凳子上等着对付非法移民。

正当很多美国人在边境忙着阻挡偷渡者时,一个名叫胡佛的美国人却在边境地区竖起了蓝色旗帜,为那些"招人恨的非法移民"建了若干供水站。

原来,越境者偷越边境线进入美国国境后,呈现在他们面前的是浩瀚的亚利桑那大沙漠。而一个人要想成功穿越这片沙漠,至少需要 36 升饮用水。但偷渡者们在仓皇越境时根本不会考虑到水的问题。于是,很多人因为淡水准备不足,承受不了高温的煎熬而渴死在沙漠里,虽然有少数一些人靠吮吸仙人掌的汁液侥幸存活下来,但也会因为极度脱水,而患上肾衰竭等疾病。从 20 世纪 90 年代至今,已经有超过 3000 名偷渡者渴死在这片沙漠里。

然而危险并不能阻止越境者的脚步,为了圆自己的"美国梦",每天,仍有很多人走进这片死亡之域。

有一次,胡佛开车经过这片沙漠时,碰到了一对奄奄一息的母子，她们越境进入沙漠时，只带了一瓶水，干渴面前，这位母亲让儿子喝下了那瓶水，而自己却永远倒在了沙漠里。这一幕深深震撼着胡佛，为了不让这些越境者渴死在偷渡的路上，胡佛在沙漠里建起了一个水站网。从此，胡佛每天都开着装满水的卡车行驶在广袤无边的沙漠中，给每个水站的大水桶蓄满水，以备偷渡者的救命之需。与此同时，胡佛还绘制了这片沙漠的地图，将每一个水站的位置、美国边境检查站的灯塔以及经常发生意外的危险地段都清楚地标注在地图上。而这份地图上，还标了一句很醒目的警告文字："别这么干，没有水，会要了你的命！"这份地图被散发到了墨西哥和其他中美洲国家。

胡佛的做法，遭到很多美国人的批评，他们认为沙漠里的水站直接帮助了那些非法移民，对有此企图的外国人是一种鼓励，更何况这些穿越边境者中也许就夹杂着恐怖分子，对美国国家安全构成了威胁。而胡佛散发地图更是一种煽动，是对犯罪行为的教唆和支持。

面对这些攻击和责骂，胡佛却很平静，他的回答是："作为一个美国人，我也恨那些偷渡者，我也希望他们能待在自己的国家。但是，恨和尊重是两回事，偷渡者也是人，从人道上讲，我有义务尽自己的力量，来尊重他们活着的权利。"

做人做事锦囊

恨与尊重是两回事，偷渡者可恨，可恨的是他们偷渡的行为，但不能因此而视他们的死活于不顾。只有真正懂得了如何去尊重生命，我们才会知道，如何去恨，如何去杜绝可恨的事情发生。

◀ 倪玮琳

尊重所有叫出我名字的人 ◎罗 西

> 我们生来平等的标志之一，就是每个人都有名字，哪怕你叫的是阿猪阿狗。

常常会收到各种来自世界各地的电子邮件。其中不少是群发的，如果连我名字都没有的信件，我是不理会的，比如不久前厦门大学两位学生先后把他们的调查问卷发给我，希望我也参与回答，我认真地答了其中一份，因为信开头有"罗西老师"；另外一封，只有"老师"统称，没有确指"罗西"，所以我一忙碌就选择不管它……不过，下面这封没有具体署我名字的信，我还是回了，我觉得有必要告诉孩子，叫对方的名字是种起码的尊重，这很重要，我们生来平等的标志之一，就是每个人都有名字，哪怕你叫的是阿猪阿狗。

那封"无名信"，是这样写的：

您好！我是北师大二附中高一文科实验班的学生。每年我们文科实验班都要自己出一本《文心》，从审稿、排版、联系出版社到发行都是我们学生自己做。今年暑假我们这届文科实验班的《文心》就要付印了，现在审稿工作已经初步完成了。我们特别希望您能给我们的《文心》写序，谈什么都行。《文心》不为赢利，我们也不是为了炒作什么东西，只是您是我们班同学特别喜欢的一位老师，所以一想到写序的事情我们首先就想到了您。如果不算麻烦的话，就拜托您啦！等《文心》出版后我们会送给您一本的！谢谢！

　　注意身体，多晒太阳！

北师大二附中高一（9）班

这次，我没有删掉，而是认真地回复了：

　　谢谢！我亲爱的孩子！你们一定发出好多这样的信件，我只是其中一个。你知道我是谁吗？其实我没有责怪你们的意思，我知道你们拿不定主意哪个老师会回复，所以就选择群发。我只是要说，你起码得写出人家的名字，是吗？

罗西诚挚问好！

　　我们内心都本能地喜欢自己的名字可以让别人叫出来或写出来，那是一种很微妙的虚荣，也是一种很微妙的自我肯定。大家都有这样的经验，在大街上，突然有人喊你的名字，那一刻的喜悦犹如在街上邂逅一个长得跟你很像的人一样有趣。据说，原始社会里，连每一只动物都有自己的名字，那时的原始人还没有"抽象"的概念，但是他们已经知道给万物署名就是最初最有效也是最感性的"管理"。

　　很喜欢赵传的一首老歌，我忘记了歌名，但是其中两句歌词我一直记得：所有知道我的名字的人啊，你们好不好？

　　记住别人的名字需要用心，而不单单是记忆力问题。所以，我尽量记住所有认识的名字，每每有陌生的编辑打电话约稿，一般都会自报家门,最后我都会特地重复对方的名字说再见,通常都能听到对方开心的笑,因为我"居然"可以马上叫出他们的名字。一般情况下,具体的名字比什么先生女士或者官衔都来得亲切真挚,因为每一个名字都是有灵魂的,都是值得尊重的。

做人做事锦囊

有人做过这样一个实验,对着一杯普通的清水,说上一段时间的"我爱你",这杯水的水分子结构就发生了变化,变得更柔和更细密。真诚的情感,感动了一杯水,如果我们人人都怀着一份真诚的情感去面对我们身边的人和事,那么他们也会为你改变,而这份情感首先体现在,记住他们的名字,因为每一个名字都是值得尊重的。

倪玮琳

生命的基石 ❯鲁先圣

一个人懂得了面子尊严的时候,还能够沉沦,还能够再不奋起吗?

我的外祖父已经去世二十多年,我至今依然很清晰地记得,在给外祖父出殡的时候,村子里几乎所有的人都来给外祖父送别。从家门口到坟地3公里的路上,满满的都是悲伤的人们。

现在想来,这在时处"文革"时期的年代里,简直是难以想象的。因为,外祖父的成分是地主。当时我还很小,十多岁的年龄。我为此常常不解地询问母亲。母亲告诉我,还有一件事在外祖父家也是当时是独一无二的,土改均贫富的时候,村子里时兴抢大户。意思就是政府圈定了是地主和富农的人家,就要敞开大门,任凭村里的穷人把财产拿光,然后再把房子分给他们。村子里把外祖父的土地分给了穷人,到了抢家的时候,外祖父也敞开了大门,却没有一个人来抢。

母亲跟我说,外祖父家最兴旺的时候,有将近100亩土地,有两进两出的院子,仓库里的粮食有十几囤。正巧在新中国成立前后的那几年,天灾人祸多,村子里有很多人家吃不上饭,外祖父的粮食自然就成了那些穷人偷盗的对象。母亲说,她还记得,有时一个晚上有几人来偷,偷粮食,偷地窖里的地瓜,偷家什,外祖父都知道,他甚至因而辞退了帮助看家的雇工。来偷粮食的,他就装作没有看见;偷家什的,他就悄悄地对人家说,不要拿家什,拿粮食吧。有一次邻墙的邻居来偷地瓜,结果装得多了,自己怎么也翻不过墙去,外祖父干脆自己从后面托他过去。

母亲说,为了外祖父的慷慨,外祖母与外祖父生过好多次气,但是每一次都以外祖父的胜利结束。因为外祖父的哲学是,他们因为没有办法才来偷的,要是还过得去,谁愿意做贼。来偷我们家的人,等他知道我们发现了他,却没有声张出去让他丢人,保全了他的面子,就不会再来偷了,人都有尊严啊。

外祖父用这种方式资助过多少穷人,连母亲也不知道。母亲说外祖父这样做的原因是源于一件事。在外祖父年轻的时候曾经跟人做生意,有一次他的父亲病了,急需用钱,他趁老板不在的时候偷了5块大洋,结果被正好回来的老板看到了。外祖父极其难堪,但是老板说,我忘了给你了,那正是你应得的红利,赶快拿去吧。外祖父知道他刚刚拿了红利不久,而最近的生意又不好,哪里还有红利啊,那是老板保全他的面子啊。外祖父从此卧薪尝胆,终于创下了一片家业。

外祖父常说的一句话是，一个人懂得了面子尊严的时候，还能够沉沦，还能够再不奋起吗？

外祖父的村子里后来盗贼几乎绝迹，外祖父的家里后来也几乎可以夜不闭户。村里人家的日子也渐渐都好转起来。

这个故事，母亲给我讲了很多年。我在每次陪母亲给外祖父上坟的时候，还常常听那个村子里的老人说起。我常常面对这个故事沉思：尊严是一个人生命中最重要的，如果你懂得了维护别人的尊严，你的尊严就无处不在了。

做人做事锦囊

要获得别人的尊重，最简单的一个办法就是给予别人尊重。在别人陷入困境的时候，给予别人尊严才是给予最大的帮助。外祖父因为知道生活的艰辛，所以对来偷东西的人一律敞开大门，甚至还帮他们翻墙，因为他相信不到万不得已，谁也不愿当小偷。这不是笨，而是善良的内心下，一种善解人意的智慧和豁达。

倪玮琳

跪者的尊严

（澳）蒂姆·温顿

这就是做人的一种尊严，它虽无声，却有力，不知不觉中让人肃然起敬。

我16岁那年，爸爸去世了。一年之后，我们搬回市里居住。母亲靠替人打扫房间维持全家生计，同时还要偿还爸爸生前欠下的债务，并供养我读大学。

母亲身上有着工人阶级特有的强烈的自尊心。爸爸走后，"整洁"与"卫生"，就是她的人生追求。她虚怀若谷，忠诚坦荡，一丝不苟，始终固守着她那些崇高的行为准则。人们开始对她刮目相看，凡是经过卡罗尔·兰打扫过的房屋，间间都是窗明几净，一尘不染。在沿河两岸的郊区，她的名字家喻户晓，是个难得的、最受人欢迎的清洁工。

20 年来，母亲仅仅因为一副丢失的耳环被解雇过一次。那次，户主让她一周后离职，她回家后独自一人站在屋外的那棵柠檬树下哭泣，生怕被我听见。我试图劝她不要再去干那最后一周的活了，可她就是听不进去。

她准备回去为那个户主继续干活的早晨，我们又争吵开了。

"我知道，做人很不容易。"她说。

"可你这是在委曲求全，是在给人低三下四啊，妈妈！"我已经顾不上心中存有的顾忌，脱口而出。

"是在给谁低三下四？"

"是谁诬陷你偷东西了，还说要解雇你，叫你一周之后离职，好让她有时间去物色其他人来接替你的工作？"

"无论如何——我们要用行动证明自己的清白才是。"

"您是说……"

"我们要给那套公寓来一次彻底的清扫！"

我斜拉着双眼，钻出车门，从后座上提起真空吸尘器；妈妈则拉出一只水桶，里面塞满了抹布和挤水瓶，还有拖把。

公寓里散发着难闻的气味，显然都来自困居家中的几只小猫咪。妈妈径直去了厨房。听到有撕开信封的声音，我走进厨房，看见她手里正拿着一张紫红色的信笺，她将信笺塞进了口袋。信封就在长凳上横躺着，里面装着钞票。

我走进洗衣间。里面没有通风口,空气混浊不堪,给猫作窝用的垫子就搁在钢制水槽下,奇臭无比。我手中提着一只垃圾袋,弯下腰来,并改用嘴巴呼吸,却让飞扬的尘土钻了空子,弄得嘴唇和舌头都是灰,令人作呕。

我将垃圾袋放入塑料箱中浸泡,除去脏水,但垫子上尽是污垢,很费工夫。母亲不时过来认真查看,就像个军士长在战场上审视着列兵。妈妈和我都认为:要是由这家女主人亲自来打扫,肯定要用上一个礼拜的时间。

妈妈还在厨房里忙碌着。然后她到卧室,看到我正跪着用吸尘器在打扫被褥上的花边装饰和拼缝物。

"说真的,妈妈,我们为何不马虎一点儿就算了?或者你应该把耳环的事告诉警察,让他们去我们家搜查好了,这样也好弄个水落石出。反正,身正不怕影子歪!有什么可担心的呢?"

"人言可畏呀!要知道,谣言说上百遍,就会变成真理。如果是这样,下一回谁还敢雇用我呢?"

她留着狮子式头发,脸上的汗珠闪烁着光芒。过去,妈妈也曾经美丽动人。

"所以,你现在就得两头受气!"

我摇了摇头,再次打开吸尘器的电源开关,对准床下的地毯猛烈轰扫。突然,吸管内好像有什么硬东西在发出异响。

我撬开吸尘器的盖板,用手在装满垃圾的吸尘袋中摸索着。不一会儿,在那些卷曲的棉绒、毛发和污物中,露出了一只耳环。

"瞧那下面!另一只肯定就在附近!"

在壁脚板处,我果然找到了另一只耳环。

"好了,你现在总算得以洗冤了。"

她说道:"要知道,维克多,我目前得到的一切回报,就唯有这么一点好名声了。"

"我这就去把厨房的活干完，"她说道，"10分钟就好。"

我再次启动吸尘器清扫卧室的其他角落。那副耳环就放在床上。我瞅了它们一眼，果然是非常漂亮，只可惜，我对珠宝一窍不通。莫非，它们的真正价值，就是让妈妈白白地遭受莫名的痛苦和烦心？

在厨房，妈妈已将抹布和挤水瓶装入水桶，就要动身了。临行前，她跪下身去，用一块毛巾把地板又擦拭了一遍。

"那些钱呢？"我问道，一边看了看妈妈擦洗过的那张长凳。"我的身价呀，可要比这些钞票值钱得多！"她说道。

"你没拿？"

"没有拿！"

我微笑着，摇了摇头。

车门已被打开。旁边，是母亲高大的侧影，蹒跚的脚步正透过明媚的阳光。我深深地吸了一口气，跟着她钻进了汽车。时值下午，车子外面，正是骄阳似火，炎热非常。

做人做事锦囊

没有什么比一个人的名誉更值得去维护的了。当我们受到委屈时，不是唉声叹气地埋怨和委屈，不是雪上加霜的攻击和报复，而是用自己诚实的行动和不变的做人准则去还原事情的真相。这就是做人的一种尊严，它虽无声，却有力，不知不觉中让人肃然起敬。

采露

请尊重我的馒头  ◎侯焕晨

> 我知道，每一个人都有他的自尊和坚强的一面，每一顿饭里都含有亲人对我的无限关爱。

他是我初中时的同桌，瘦瘦的清白的脸色，人很老实不太爱说话。他家住在偏远的郊区，那里属于这座小城的贫困地带。

也许是家远的缘故，中午放学他不回家。学校有食堂，可一次也没有见他去过。他的午饭很简单，一个白面馒头，一根细细的咸黄瓜，一罐凉开水，天天如此。

冬天，每当第三节课下课铃声响起，他就从那个洗得发白的帆布兜里掏出用旧白纱布层层包裹的馒头放在身旁的暖气片上烤热。

而夏天他走进教室的第一件事就是打开纱布把馒头放在书桌里，他是怕天热馒头坏掉。我们之间很少交流，自习课上，前桌后桌聊得热火朝天，而我们却很安静，他偶尔开口说话只是向我借橡皮、小刀之类，之后又迅速转过头。渐渐地，我对他产生了反感，都什么时代了，他的思想还像他身上穿的那件肥大的灰夹克一样陈旧。

班上有四个调皮的同学号称"四人帮"，整天无所事事以欺负和戏弄同学为乐，老师也拿他们没办法。他不合群的个性引起了"四人帮"的憎恶，"四人帮"经常变着法戏弄他，他都置之不理。他平淡的回应更激起了"四人帮"的愤怒，"四人帮"认为他孤傲，看不起他们。

一天早上，他刚进教室，粉笔头就从四面八方飞来打在他的身

上脸上。我以为他这下一定会愤怒得大吼大叫,但他像什么事也没发生似的,很平静地抖抖衣服,挺直胸膛,走到座位上坐下了。

第二天,依然如故。不过这次"四人帮"发射的子弹是刚刚嚼过的泡泡糖。泡泡糖黏性很强,粘到头发上不容易拿掉,从上午到下午他都在和粘在头发上的泡泡糖作斗争。我心里为他打抱不平,忍不住对他说:"你为什么不反抗?你为什么不告诉老师?"他淡淡地说:"我没时间理他们,我还要学习。"我觉得这只不过是他的借口,他在掩盖骨子里的懦弱。

安宁了几天,"四人帮"卷土重来。那天下课后,他刚把馒头放在暖气片上,就被"四人帮"的领头羊大强抢去了。大强把馒头当成了皮球,飞起一脚,馒头打在教室顶棚上,又落在地上滚到了讲台旁边。"四人帮"一伙儿用挑衅的目光看着他。他的脸由红变青由青变紫,他猛地站了起来,双手颤抖着,眼睛瞪得好大。

突然他猛地一拍桌子:"你们,你们太过分了!"大强还是嬉笑着一副满不在乎的表情。"你们可以戏弄我,但是必须尊重我的馒头!"他喊了起来。大强上前一步,身后的三个追随者也凑上前来。教室里弥漫着浓浓的火药味。

他平视着他们,一字一句地说:"你们欺负我,我可以不在乎,因为早晚有一天你们会明白那是不对的。可是请尊重我的馒头!你们应该知道那是我的午饭!"大强一伙不动了,看着他。"我家全靠妈妈一个人操持,爸爸长期病倒在床上。本来我是应该住校的,本来我中午应该去食堂吃饭吃菜,可是我家没有钱!而在家里,只有我一个人可以吃馒头,我妈说我上学不能缺了营养,而我七岁的妹妹只能眼巴巴地看着!每天晚上,妈妈都用小锅在炉子上给我蒸一个馒头,只能蒸一个。一袋面可以蒸好多馒头,正好维持我一学期的午饭……"他说不下去了,眼里噙满了泪水。

大强一脸愧疚地低下了头。他擦了擦眼泪，离开了座位，大强一伙自动闪到了一边，他弯下腰捡起了那个已经裂开大口子的馒头，用手擦拭着，我清楚地看见他那大滴大滴的泪珠落在馒头上。他擦得很认真，一遍又一遍。教室里响起了几个女生的抽泣声，那一刻，眼泪也漫过了我的脸颊。

第二天早上，他的桌子上堆满了好多食品，有汉堡包、面包、火腿肠，其中有一个醒目的半透明大塑料袋里面装满了蛋糕，那是大强送的。

他站起来向同学们鞠躬，教室里响起了震耳欲聋的掌声，"谢谢"两个字被他重复了十几次。

我们都明白，其实我们应该对他说声谢谢，那天，他用他的行为给我们上了永生难忘的一课。从那以后，我不再把自己的观点强加于身边的每一个人，不再挑剔家人为我做的每一顿饭，因为我知道，每一个人都有他的自尊和坚强的一面，每一顿饭里都含有亲人对我的无限关爱。

做人做事锦囊

每一个人都来自不同的家庭，有着不同的生活习惯和方式，也许别人的生活是我们所不了解也没有尝过的苦难经历，因而更需要我们的关心和爱护。请尊重一只馒头，因为这个馒头里包含着那个家庭里的母爱，包含着那个家庭里每一个为了克服困难而努力生活的人的气概。

倪玮琳

辜负不起那份尊重  ◎毛宽桥

> 对善举的尊重，是每个公民的责任，让我们有资格去劝勉更多的人施援向善。

2006 年夏天，在德国留学的中国青年杨立从波恩港出发，沿着莱茵河开始了他的自行车旅行。

一天，当他来到莱茵河沿岸的一座小镇投宿时，却被几名身着制服的警察拦住。德国国内的治安相当不错，几名警察对他也很客气，在仔细询问了他从哪里来之后，彬彬有礼地把他请到了警局。不明就里的杨立非常紧张向警察询问缘由，可是对方对情况也并不清楚，说是受一个叫做克里斯托的小镇之托来寻找他。来到警局不久，杨立就接到从克里斯托打来的电话。在电话里，小镇镇长掩饰不住欣喜地告诉他，要他回克里斯托小镇领取 500 欧元的奖金和一枚荣誉市民奖章——这是小镇历来对拾金不昧者的奖励。

原来，两天前杨立路过克里斯托的时候，将捡到的一个装有几千欧元现金和几张信用卡的皮夹送到了市政厅，连姓名都没有留下就悄悄离开了。这次镇长希望他回去，他当然是想都没想就推辞了。镇长问他为什么，他回答说，施恩不图报是我们中国的传统，自己如果接受那笔奖金和荣誉，反倒显得动机不纯。

镇长想了想，问杨立："你知道我们是怎样找到你的吗？"

杨立说不知道。镇长告诉他，在他离开后，镇上的人们立即开

始打探这个善良的东方青年的下落。由于杨立在镇上只是稍作停留,镇上的人也只是听说他在沿莱茵河旅行,连具体的方向都不清楚。小镇的警局只好把对杨立相貌的拼图电传给上下游两岸的十多个城镇的警局,发动了百余名警力,这才把他找到。

听到两天来克里斯托小镇如此劳师动众地寻找自己,杨立很是感动,也很不理解:既然自己都已经离开,还有必要如此大费周折吗?如果不找的话,岂不是替失主省下了这笔钱吗?

镇长听到他的话之后,用英语说了句"东方式思维",然后严肃地回答:"施恩不图报,并不是你们中国人眼中简单的个人问题。可以说,你拒绝我们的请求,已经相当于在破坏我们的价值规则。那些奖励你可以不在乎,但你必须接受。因为那不仅仅是对你个人的认可,也是整个社会对每个善举的尊重。对善举的尊重,是我们每个公民的责任,也让我们有资格去劝勉更多的人施援向善。所以,我们才不能因为你的无私而放弃履行自己的责任。"

这番话颠覆了受中华传统熏陶的杨立对"施恩不图报"的理解,也让已经旅居德国近一年的他第一次真正认识到所谓的"德意志智慧",还有这个民族近似古板的严谨和固执。最后,他终于答应回到了克里斯托,因为他明白自己实在辜负不起那份尊重。

做人做事锦囊

不同的国家,不同的民族,都有属于自己的独特的价值观,但是尊重这种情感却跨越了国家和民族而存在于每一个人的心中。只要我们每一个人都去履行尊重的权利和义务,那么整个世界就会生成一个统一的价值观:尊重他人。这种统一的价值观反过来又会引导每一个人。

采露